KB044146

"저는 아버지와 어머니 딸이라 행복해요."

"나한테도 정령 친구가 있어."

반
바람의 대정령의 아들

엘렌
원소의 정령

흄
정령 마법사

"성심성의를 다해 당신을 지키겠습니다!!"

"우리는 귀족이 되었어."

"너는 여러 가지로 작네!"

아리아
사우벨의 아내

라필리아
엘렌의 사촌

카이
엘렌의 호위

전생자. 딸인 나는 엄마는 정령, 아빠는 영웅,

2

저자 / 마츠우라
일러스트 / keepout

엘렌
주인공. 원소의 정령. 겉모습은 어린아이, 속은 어른(이라고 믿음!).

오리진
엘렌의 어머니. 정령의 여왕. 순수하고 발랄하며 훌륭한 몸매를 가진 절세 미인.

로벨
엘렌의 아버지. 전 영웅. 아내 오리진과 딸 엘렌을 무척 사랑한다.

반
바람의 정령. 빈트의 아들. 태어날 때부터 엘렌과 함께하고 있다.

빈트
바람의 대정령. 정령 나라의 재상으로, 오리진의 오른팔로서 일하고 있다.

사우벨 반크라이프트
로벨의 동생. 공작가 반크라이프트가의 당주. 기사단 단장.

아리아 반크라이프트
사우벨의 아내. 전 식당 마스코트 직원. 결혼식 날 여신의 단죄를 받았다.

라필리아 반크라이프트
열한 살. 사우벨과 아리아 사이에서 태어난 외동딸. 귀족 생활에 적응하지 못한다.

이자벨라 반크라이프트
로벨과 사우벨의 어머니. 엘렌은 「할머님」이라고 부른다.

로렌
반크라이프트가의 실력 좋은 집사. 엘렌은 「할아범」이라고 부른다.

알베르트
반크라이프트가의 호위. 기사. 원래는 로벨의 호위였다.

카이
열세 살. 알베르트의 아들. 엘렌의 호위로 임명된다.

라비스엘 랄 텐바르
텐바르 왕국의 속 시커먼 국왕. 로벨을 마음에 들어 한다.

가디엘 랄 텐바르
열다섯 살. 라비스엘의 아들(장남). 성실하고 언행이 부드럽다.

흄 베른드르
열다섯 살. 최연소로 궁정 치료사가 되었다. 정령 애슈트와 계약했다.

인물 소개
character

제4화 치료의 공주님

엘렌은 로벨과 함께 반크라이프트가(家)를 찾았다.

로벨은 떨어져 사는 이자벨라를 만나러 갈 때마다 로렌에게 미리 연락을 한 다음 찾아갔다.

"할머님!"

"엘렌! 어서 오렴!!"

엘렌과 이자벨라는 서로를 꼭 끌어안고 얼굴을 마주 보며 키득 키득 웃었다.

"엘렌 님, 어서 오십시오."

"할아범, 오랜만이에요."

엘렌이 방긋 웃으며 숙녀의 예를 해 보이자, 로렌도 똑같이 신사의 예로 답해주었다. 그리고 정해진 인사대로 꼭 끌어안으며 포옹을 나누었다.

엘렌은 원래 집사와 포옹 같은 것은 하지 않는다. 하지만 로렌은 이미 진짜 할아버지 같은 존재였다. 때문에 기뻐해 준다면 그것으로 되었다고 언제나 포옹을 하고 있다.

엘렌은 얼마 전에 생일을 맞아 열한 살이 되었다. 그리고 부모님을 더는 아버지, 어머니라 부르지 않겠다고 선언했다. 그 대신 아버님, 어머님이라 바꿔 부르겠다고 말했다.

"아버지, 야."

"나도 어머니, 야."

"………."

두 사람 모두 아무래도 아버지와 어머니라 불러 주는 쪽이 더 마음에 드는 모양이었다.

그렇다면 이번엔 할머님과 할아범을 바꿔볼까 했다.

"할머님은 할머님이란다. 그렇지?"

"할아범도 할아범입니다."

똑같이 방긋 미소 지으며 이쪽을 보고 있지만, 어쩐지 위압감이 느껴졌다.

엘렌은 그 모습에 표정이 굳어졌다. 그리고 사우벨이 옆에서 이해하기 어렵다는 표정을 짓고 있는 것을 보았다.

사우벨이라면 호칭 정도는 연연할 필요는 없다고 생각하고 있을지도 모른다. 그래서 엘렌은 확인차 위압을 담아 사우벨에게 물었다.

"사우벨 숙부님은 숙부님이죠?"

"……그렇지."

엘렌과 사우벨은 네 사람의 반응에 질려 하면서 분명하게 확인했다.

"어머, 사우벨. 엘렌한테 삼촌이라고 불리고 싶지 않은 거니?"

"………."

"이제 안 부를 거예요! 안 부를 거라고요!!"

엘렌은 필사적으로 저항했다. 어째서 주변 사람들은 언제나 자신을 어린아이 취급하는 것인지 분해했다. 그러자 로벨이 싱긋 웃으며 말했다.

"엘렌은 겉모습이 별로 변하지 않았으니까~. 지금도 그렇게 불리는 편이 우리도 좋고 위화감도 없거든."

그렇다. 그 후로 3년이 지났음에도 엘렌의 키는 고작 10센티미터 정도밖에 안 자랐다. 원래대로라면 조금 더 클 터였다. 아니, 조금이 아니다. 훨씬 더 클 터라며 엘렌은 주먹을 움켜쥐었다.

"커…… 커질 거야!!"

엘렌은 눈물이 글썽해져서 로벨의 배를 툭툭 때리며 항의했다. 그러나 로벨은 우리 엘렌은 정말 작고 귀엽다니까~라며 헤벌쭉할 뿐이었다.

현재 엘렌은 아주 큰 위기감을 느끼고 있었다.

정령 여성은 일반적으로 빠르면 10대 초반에 성장이 멈춘다.

엘렌은 자신의 가슴을 내려다보고 창백해졌다.

*

엘렌과 로벨은 반크라이프트가의 사업을 돕게 되었다.

오늘이 그 첫날이다. 아직 이른 시간이건만 엘렌은 잔뜩 힘을 주어 꾸민 모습으로 거울 속의 자신과 눈싸움을 하고 있었다.

그 곁에 선 오리진은 흐뭇한 표정으로 딸의 모습을 지켜보고 있었다.

'잠행이라고는 해도 관계자분들에게 인사를 하러 가는 거니까 빈 틈이 없어야 해!'

엘렌은 우음~ 우음~ 흥얼거리면서 가슴께의 리본을 매만지고, 틀어지지는 않았는지 오리진에게 몇 번이고 물어보았다.

"괜찮아. 엘렌도 역시 긴장을 하는구나."

오리진은 부드럽게 웃으면서 사랑스러운 엘렌의 뺨을 콕콕 찔렀다.

한 나라의 왕을 상대로도 전혀 물러서지 않았던 엘렌이라 해도 긴장할 때는 다른 사람들과 똑같이 긴장한다.

엘렌은 이자벨라와 처음 만났을 때도 매우 긴장했었다는 사실을 떠올리고 가볍게 한숨을 내쉬었다.

"그게, 앞으로 신세를 져야 하니까요. 그것도 숙부님의 일 관계로요."

광산에서 채굴하는 일에 손을 조금 더할 뿐이라고는 생각하고 있었다. 하지만 첫 대면에 안 좋은 인상을 주고 싶지는 않았다.

엘렌은 언뜻 보면 평범한 어린아이다. 광산에 관해 대체 무엇을 알고 있냐며 야유를 받게 될 수도 있었다.

엘렌은 자기 자신의 일에는 매우 둔했다. 덕분에 생전의 콤플렉스까지 더해져 자신의 외모가 사람들에게 어떠한 평가를 받게 될지도 불안했다.

'인사는 물론이고 청결에도 유의해야지. 지나치게 나서지 않도록 조심하고……'

엘렌은 신경 쓰이는 점이 있으면 저도 모르게 말참견을 하고 말왔다. 슬슬 고쳐야 한다고 생각은 하고 있지만, 습관이 되어버렸는지 좀처럼 나아지지 않았다.

'어린 여자애가 건방지다고 생각하면 어떡하지……!'

엘렌은 불안해진 나머지 안절부절못하고 있었다. 그런데 문득 익숙한 기척이 느껴졌다.

"아!"

불안할 때면 언제나 옆에 있어 주는 존재를 느끼자 엘렌은 양손을 활짝 펼치며 환영했다.

"반 군!"

바람의 정령인 희고 큰 호랑이가 공중에서 훌쩍 땅에 내려섰다.

반은 지구에 서식하는 화이트 타이거의 족히 세 배는 되는 몸집을 한 새끼 호랑이다. 그렇다. 이 크기로 아직 어린아이인 것이다.

다만 호랑이와는 다르게 목 주변의 털이 사자처럼 길었다.

반은 엘렌이 태어났을 때부터 함께 있어 왔던 남매 같은 존재다.

어린 엘렌이 철이 들었을 무렵에 자신과 같은 크기의 새끼 호랑이가 있었다. 그게 반이었다. 반의 아버지는 바람의 대정령이자 재상을 맡고 있는 빈트다.

빈트는 대정령으로 인간의 모습을 할 수 있지만, 아직 어린아이인 반은 인간의 모습을 하지 못한다. 대정령 정도의 힘을 갖게 되면 그때는 사람의 모습을 할 수 있게 된다.

재상으로서 오리진의 곁에 있던 빈트가 엘렌의 놀이 상대로 반을 데려왔던 것이 첫 만남이었다.

북슬북슬하고 오동통한 몸을 가진 반은 엘렌보다 아주 조금 큰 새끼 호랑이였다. 엘렌에게 놀자며 말랑말랑한 앞 발바닥으로 지면을 구르며 부탁을 해 오니, 엘렌이 푹 빠지지 않을 리 없었다.

둘은 함께 뒹굴거리며 하루 종일 놀았다. 주변에 비슷한 또래 아이가 없었기 때문에 엘렌은 줄곧 어른들에게 둘러싸여 있었다.

그러던 때에 만난 반의 존재는 엘렌에게 있어 이 세상에서 처음으로 만난 「친구」였다. 반에게도 엘렌은 소중한 존재였다. 그리고 여동생이자 차기 여왕인 엘렌을 반드시 지켜야만 한다고 생각했다.

엘렌이 한 살을 맞이했을 무렵이었다. 서서 걸을 수 있게 된 엘렌을 두고 로벨의 과보호가 더욱 심해졌다. 로벨은 사사건건 위험하다며 엘렌을 곧장 안아 들곤 했는데, 그럴 때마다 엘렌은 점점 얼굴에 불만을 드러내게 됐다.

엘렌은 반과 놀고 싶어 함께 아장아장 걷다가도 로벨에게 안아 들려졌다. 결국 엘렌은 안기기 싫다며 떼를 썼다.

하지만 로벨은 그런 엘렌도 귀여워 어쩔 줄을 몰랐다. 그러던 어느 날이었다. 로벨은 싫다는 엘렌을 끌어안고 있다가 갑자기 엘렌이 휙 하고 사라져 놀랐다.

"……어?"

품에 안고 있었던 엘렌이 눈앞에 있던 반의 곁으로, 짧은 거리라고는 하나 전이한 것이다.

그 모습을 지켜보고 있던 오리진과 빈트도 놀라워했다.

"로벨에게 안기기 싫어서 전이를 깨우치다니!"

오리진이 크게 웃었다. 로벨은 그렇게나 싫었던 것이냐며 충격을 받고 침울해졌다. 엘렌도 처음에는 깜짝 놀랐다. 하지만 금세 방법을 터득하고 전이를 익혔다.

그 후, 로벨과 엘렌의 술래잡기가 시작되었다는 것은 말할 필요도 없으리라.

엘렌은 두 살이 되기 전에 달릴 수 있게 되었다. 그렇지만 로벨에게 계속 붙잡히는 탓에 바로 부유하는 법을 깨우쳤다. 그렇게 도망칠 방법을 만들어 냈다.

주위에서는 장래가 유망하다고 흐뭇하게 지켜보았지만, 사실 이런 두 살 어린아이의 존재는 엄청난 것이었다.

전생의 기억이 떠오른 엘렌은 성(城)을 좋아하던 취향까지 되찾았다. 그리고 성 탐색에 나섰다.

엘렌은 로벨에게 들키기 싫다는 듯이 뛰어난 스텔스 능력을 가진 두 살이 되어갔다. 그 덕에 로벨의 외침이 성 안에서 자주 메아리치곤 했다.

그러던 중에 로벨은 반 덕분에 우연히 엘렌의 약점을 발견했다.

엘렌이 성 탐색에 집중하면 반의 존재조차 잊고 전이를 반복하다 사라지곤 했다. 황급히 정령들이 총동원되어 찾아 나서도 몇 시간이 지나도록 발견되지 않았다.

모두가 어찌할 바를 몰라 하고 있을 때, 반이 슬프게 뀨우웅~

하고 울자 어디선가 갑자기 엘렌이 나타났다.

그것이 몇 번이고 반복되자 로벨이 「이거 편리한데?」라고 말했다.

그 후로 엘렌이 미아가 되면 로벨은 곧바로 반의 목덜미를 잡고서 시키면 미소를 지으면서 이렇게 말했다.

"울어."

그 무시무시함에 반은 도움을 바라듯이 눈물을 글썽이며 「뀨우웅~~」하고 울었다. 그러면 빈트와 엘렌이 바로 날아왔다.

"반?!"

"반 군! 아뿌지 반 꾼 놔줘!"

"빈트까지 낚일 줄이야……."

로벨은 어이없다는 표정이었다. 하지만 빈트는 주변의 시선도 잊은채 허둥지둥 반을 빼앗아 꽉 끌어안았다.

언제나 냉정하고 침착했던 빈트의 모습이 뭔가 이상했다.

"반! 무슨 나쁜 짓을 당하지는 않았쪄요?!"

"너 그런 성격이었냐?"

"로벨 님! 우리 아이에게 무슨 짓이십니까?!"

재상의 다른 모습에 로벨은 놀라워했다. 하지만 옆에 있는 엘렌을 떠올리자 남 일이라고는 할 수 없겠구나 싶어졌다.

"미안해. 이렇게 하면 엘렌이 나타나거든."

"이게 무슨 짓입니까! 말로 해야 아시겠습니까?! 우리 아이를 괴롭히는 상대는 용서할 수 없습니다!"

"미안."

로벨은 주눅 든 기색도 없이 가볍게 대꾸했다. 화가 난 빈트는 옆에 있던 엘렌을 번쩍 안아 들었다.

"……어이."

로벨은 바닥을 기는 듯한 목소리를 냈다. 그 모습을 보며 빈트는 흐흥 하고 코웃음쳤다.

빈트의 품 안에는 반과 엘렌이 있었다. 갑자기 안기게 된 엘렌은 깜짝 놀랐지만, 눈앞에 반을 보자 반 쿤~ 하며 끌어안았다.

"엘렌 님, 괜찮으시다면 저희 집 아이가 되지 않으시겠습니까?"

"어이!!"

"이렇게까지 서로의 위험을 알 수 있다니, 이건 영혼이 이어져 있다고 밖에는……."

빈트가 거기까지 말했을 때 로벨에게서 살기가 피어올랐다.

그러자 반이 움찔하고 떨었다. 엘렌은 「영혼?」 하고 고개를 갸우뚱거렸다.

"그 이상 엘렌 앞에서 이상한 소리 하지 마."

로벨과 빈트가 빠지직빠지직하고 불꽃을 흩뿌리는 일촉즉발의 상황 속에서, 빈트의 뒤에서 위압감 가득한 목소리가 들려왔다.

"어머나~ 빈트는 엘렌에게 무얼 하고 있는 걸까~?"

매우 화가 나 있는 오리진이 그곳에 있었고, 로벨과 빈트는 무심결에 몸을 부르르 떨었다.

"엘렌에게는 자유연애를 시킬 거야. 정략결혼은 허락할 수 없어!"

오리진은 떼끼! 하고 빈트에게 화를 냈다.

"나는 어느 쪽도 허락하지 않을 거야아아아아아!!"

엘렌과 반은 어른 셋이서 말다툼을 시작한 와중에 빈트의 품에서 슬쩍 벗어나 아장아장 어른들에게서 멀어져 갔다.

"반 꾼, 저쪼게서 놀자!"

"뀨이~."

어른들의 의도는 개의치 않고, 엘렌과 반은 이렇게 하루하루를 보냈다.

놀다 지치면 낮잠도 함께 잤다. 몸집이 비슷할 무렵에는 서로 기대듯이 잠들었지만, 반은 금세 커졌고 엘렌은 반의 털에 파묻혀 잠들게 되었다. 그 모습을 어른들은 이것도 또 귀엽다며 지켜보았다.

그것은 지금도 마찬가지였다. 그러나 최근 엘렌은 로벨과 함께 인간 세계로 수행 여행을 가게 되었고, 정령계에 홀로 남겨진 반은 외로워했다.

예전 일을 잠시 떠올리던 엘렌은 요즘 곁에 있는 것은 로벨이고, 반과는 한동안 같이 놀지 못했다는 것이 생각났다.

그 기분이 통했는지, 반은 그대로 엘렌에게 몸을 비볐다.

"공주님, 또 외출하시는 겁니까?"

"오늘은 아버지와 함께 숙부님을 도우러 가!"

"…………"

엘렌은 반의 목덜미를 간질이며 끌어안았다.

반은 엘렌의 불안한 마음을 눈치채고 모습을 살피러 왔지만, 어째서 엘렌이 이토록 불안해하는지 신경 쓰여 견딜 수가 없었다.

반은 최소한 곁에라도 있고 싶다며 데려가 달라고 엘렌을 빤히 바라보았다. 그리고 은근슬쩍 엘렌 주변을 빙글빙글 돌거나 해보았다. 하지만 엘렌은 데려갈 수 없다며 쓴웃음을 지었다.

로벨은 마침 엘렌을 데리러 왔다가 그 모습을 지켜보며 생각에 잠겼다. 하지만 엘렌이 로벨을 보고 달려오자 생각을 멈추었다.

"오늘도 귀엽구나. 우리 공주님."

로벨은 엘렌을 안고 뺨에 뽀뽀했다. 엘렌은 안녕히 주무셨어요 하고 인사하며 간지러운 듯 웃었다.

"준비 다 됐어요!"

"좋아. 그럼 가볼까?"

로벨은 엘렌에게 싱긋 웃어주고, 오리진에게도 키스를 했다.

"다녀올게."

"어머니, 다녀오겠습니다!"

"후후후, 다녀와."

오리진은 손을 흔들며 두 사람을 배웅했다. 그리고 나서 문득 옆을 보자, 존재가 잊혀져 귀와 꼬리를 축 늘어뜨리고 풀이 죽어 있는 반이 있었다. 오리진은 후후 하고 웃음 지었다.

*

두 사람은 전이로 순식간에 반크라이프트가에 도착했다. 문지기에게 인사를 하고 저택 안으로 들어가자, 로렌이 바로 맞이해 주었다. 엘렌은 활짝 웃으며 말했다.

"할아범, 안녕하세요!"

"홋홋홋. 엘렌 님, 안녕하십니까."

로렌은 두 사람을 방으로 안내하고 메이드에게 사우벨을 불러오라고 지시했다. 그리고 그대로 차를 준비했다.

로렌과 메이드의 역할은 원래는 반대다. 하지만 로벨이 여성이 타 준 차나 만들어 준 식사를 좋아하지 않았기 때문에 로렌이 주로 맡아 했다.

엘렌은 소파에 앉아서 로렌의 손놀림을 빤히 지켜보다가, 앞으로의 일정을 확인하려고 옆에 앉은 로벨을 쳐다보았다.

"오늘은 관계자분들과 만나는 거죠?"

"광산을 맡고 있는 책임자와 그 부하들인데, 대부분 사우벨의 부하란다."

"그런가요?"

"광산이 작은 데다, 더는 캘 게 없어서 손을 대지 않고 있었거든. 지금은 사우벨의 부하 몇 명을 먼저 보내서 작업을 하고 있단다. 앞으로 광부를 고용해서 본격적으로 파내기 시작할 예정이지."

"그렇군요……."

두 사람은 때마침 사우벨과 알베르트가 도착하자 고개를 들었다.

"숙부님, 오늘은 잘 부탁드려요."

"그래. 나야말로 잘 부탁한다."

"안녕하십니까. 로벨 님, 엘렌 님."

미소 띤 얼굴로 인사하는 사우벨과 가슴에 손을 대고 신하로서의 예를 갖추는 알베르트.

그 후로 사우벨과 알베르트는 잘 지내고 있는지, 이야기 나누는 모습을 자주 볼 수 있게 되었다. 엘렌은 두 사람의 부드러운 분위기에 만족스러운 표정을 지었다.

"이번에는 광산 조사라는 명목으로, 만약을 위해서 형님도 입회하시는 것으로 해 두었습니다."

"그래. 엘렌은 견학이고."

"광산은 위험하니 형님에게서 떨어지지 않도록…… 아니, 형님이 엘렌을 떨어뜨려 놓을 리 없겠지요."

"당연하다."

"네에~?"

엘렌은 설마 줄곧 안겨 있는 건가 싶어 불만스러웠다. 분명 가족이 아닌 인간들과 한자리에 있는 것인 만큼 위험했다. 엘렌은 한동안 반크라이프트가의 사람들과만 지내서 옅어져 있던 인간에 대한 경계심을 다잡았다.

"지금 작업을 하고 있는 것은 대부분 제 부하들입니다만, 몇 명은 원래 있던 광부입니다."

"당시의 사정을 듣기 위해서인가?"

"네. 그리고 엘렌은 작업을 하고 있는 부하의 주변에 광물을 조금 만들어주었으면 하는데……."

"네! 열심히 하겠습니다!"

엘렌이 기운차게 한 손을 번쩍 들면서 말했다. 그러자 옆에서 차를 준비하고 있던 로렌의 얼굴이 헤벌쭉 풀어졌다.

"할아범도 함께 가고 싶습니다……."

로렌은 진심으로 아쉬워하며 말했다. 그 모습을 본 사우벨이 쓴웃음을 지었다.

로벨이 자네에게는 집을 부탁한다고 자비 없이 말했다. 그러자 로렌의 얼굴이 쓸쓸하게 일그러졌다.

"할아범, 선물이 될 만한 재미있는 이야기를 가지고 올게요!"

엘렌이 방긋 웃으며 말하자 로렌의 얼굴이 활짝 풀어졌다.

"기다리고 있겠습니다."

서로를 보며 환하게 웃고 있는 흐뭇한 광경에도, 사우벨은 거침없이 말했다.

"선물이 될 만한 재미있는 이야기는커녕, 사업 보고를 할 것 같은데……."

"틀림없이 그렇게 될 걸."

로벨이 앞에 놓인 차를 마시면서 대수롭지 않게 대답했다.

사우벨은 로렌에게 선물이 될 만한 이야기가 무엇일까 생각하다가, 엘렌이 입을 열면 어찌 되었든 자신과 로벨이 나설 자리는 없다는 것을 깨닫고 쓴웃음을 지었다. 엘렌은 그만큼 유능했다.

"그런데 할머님은 안 계시는 건가요?"

로벨과 엘렌이 올 때는 반드시 이자벨라에게도 소식이 전달이 되었다. 그래서 이자벨라가 항상 인사를 하러 와주었다. 엘렌이 주변을 두리번두리번 살피면서 이자벨라를 찾았다.

"아, 오늘 로벨과 엘렌이 오는 건 어머님께 전하지 않았단다."

"네?"

엘렌이 이유를 물었더니, 로렌과 같은 말을 꺼낼 것이 틀림없기 때문이라는 대답이 돌아왔다.

"그래, 반드시 따라가고 싶어 할 거야."

"그렇죠?"

로벨의 말에 사우벨이 동의했다. 로렌과 달리 이자벨라에게는 집을 보고 있어달라는 부탁이 통하지 않을 거라며 한숨을 내쉬었다.

엘렌은 잊지 않고, 지금 만나지 못하는 것은 아쉽지만 돌아왔을 때는 괜찮을까요? 하고 부탁했다.

"그래, 그렇게 해주렴. 어머님도 기뻐하실 거야."

"네!"

이런 와중에 엘렌은 알베르트가 사우벨의 옆에서 안절부절못하면서 엉뚱한 방향을 보고 있는 것이 몹시 신경이 쓰였다.

"그럼 갈까."

"네!"

광산까지는 마차로 가기로 했다. 로벨과 엘렌은 서로의 손을 잡고서 문 앞에 세워진 마차로 향했다. 문 앞에 다다른 사우벨과 로벨은 걸음을 딱 멈추었다.

어쩐지 마차 수가 많았다. 엘렌은 이런 대부대가 움직이는 건가 싶어 고개를 갸웃거렸다.

"······응?"

엘렌이 의아해하고 있는데 마차 문이 열리고 안에서 이자벨라가 우아하게 나타났다.

"나를 빼놓으려 하다니, 아직 멀었습니다!"

이자벨라가 부채로 입가를 가리며 오호호호호! 하고 웃었다. 이자벨라를 본 엘렌이 「할머님!」 하며 달려갔다.

"아아~ 우리 엘렌!"

서로 와락 끌어안고 인사하는 흐뭇한 광경이었다. 하지만 로벨과 사우벨은 알베르트를 노려보았다.

"죄송합니다—!!"

반크라이프트가의 사람들은 전혀 변함이 없었다.

*

로벨과 사우벨은 이자벨라를 구슬리려 애썼다. 하지만 이자벨라는 이미 주도면밀하게 다양한 준비를 해둔 상태였다.

"마차 안은 쿠션을 깔아둬서 엉덩이도 아프지 않단다. 게다가 열심히 일하는 모두에게 줄 간식도 준비했지!"

마치 소풍 같잖아. 로벨과 사우벨은 동시에 한숨을 내쉬었다. 하지만 엘렌은 기뻐서 견딜 수가 없었다.

"할머님과 외출!"

엘렌이 들떠 하며 말했다. 그러자 이자벨라가 감격한 나머지 눈물을 글썽였다.

"이 얼마나 착한 아이인지……!"

엘렌은 함께 가고 싶어 하는 이자벨라의 뜻을 존중해서 자신도 함께 가고 싶다는 낌새를 풍겼다.

"형님, 어떻게 할까요……?"

곤란해진 사우벨이 로벨에게 물었다. 하지만 로벨 역시 한숨만 내쉴 뿐이었다.

"현장에서는 알베르트에게 맡기면 될 거야."

"……그래야겠지요."

이자벨라가 포기한 듯 이야기하는 두 사람에게 말했다.

"사람을 무슨 짐짝처럼 말하는구나. 나는 너희가 태어나기 전엔 광산에 자주 갔었단다."

"네……?"

두 남자가 처음 듣는 얘기라며 놀랐다. 이자벨라는 흥 하고 의기양양해했다.

전 당주는 광산에서 채굴이 활발하게 이루어지던 때에 자주 시찰을 하러 갔었다고 한다. 그리고 이자벨라는 그를 뒤쫓아 도시락을 싸 들고서 광산에 들이닥치곤 했었다.

"할머님……!"

엘렌은 어쩐지 연애 이야기일 것 같은 예감이 들어 눈을 반짝이며 들었다.

"그 사람은 많이도 먹으면서 자주 도시락을 잊어버렸단다. 여기

저기에 들이닥쳤었지~."

이자벨라는 그리운 추억에 잠겨 뺨에 손을 대고 미소 짓고 있었다. 자세히 보니 그녀는 승마복 같은 복장을 하고 있었다.

이 세계에서는 여성도 기사가 될 수 있다. 그렇기 때문에 여성용 슬랙스 같은 옷도 존재했다.

주로 말을 타기 위한 옷이었지만, 귀족을 중심으로 퍼져 있는지라 레이스가 넉넉하게 쓰여 현란했다.

"전 드레스로 와버렸는데요……."

엘렌이 장소에 맞지 않는 복장이라며 의기소침해했다. 그러자 이자벨라와 로벨이 당황했다.

"엘렌은 괜찮단다! 로벨이 어차피 한시도 떼어놓지 않고 안고 있을 테니까!"

"맞아! 엘렌!"

"……음."

엘렌이 그건 또 어떤가 싶어 복잡해지자, 이자벨라가 그렇지! 하고 말했다.

"이번에 엘렌도 이런 옷을 짓자꾸나!"

"네?"

"광산에는 앞으로도 계속 시찰을 갈 거 아니니? 그렇다면 있어서 곤란할 건 없다고 본단다."

그렇지 않아도 저택에 대량으로 준비된 복장에 당혹스러움을 감추지 못했다. 그런데 또 옷을 짓겠다는 것인가?

"엘렌, 포기하렴. 어머니는 말려도 어떤 구실이든 대고서 엘렌의 옷을 만들려고 할 거란다."

로벨은 한숨을 내쉬는 사우벨에게 괜찮지 않아? 라고 말했다.

"정령의 옷은 인간계와는 다르니까. 인간계 옷이 있어서 곤란할 건 없잖아?"

"그럴까요?"

다시 생각해보면, 드레스는 분명 귀엽지만 움직이기 편한 옷도 대환영이었다.

"할머님, 감사합니다!"

이자벨라는 솔직한 감사 인사를 받고 「기대하려무나.」라고 말하면서 한껏 신이 났다. 후일, 이자벨라는 의욕이 넘쳐서 옷을 대량으로 준비한다. 그리고 사우벨에게 지나치다며 혼이 나게 된다.

*

광산에 도착하자 사우벨의 부하와 전 광부들이 전부 나와 맞아 주었다.

이곳에서도 역시 로벨과 엘렌을 향해 쏟아지는 시선은 많았다. 호의적인 것도 있었지만, 장소에 걸맞지 않은 복장이라고 차가운 시선을 보내는 것도 느껴졌다.

'저지르고 말았어⋯⋯!'

첫인상이 최악이야⋯⋯. 엘렌이 창백해져가고 있을 때였다. 광부들이 로벨의 뒤에서 불쑥 나타난 이자벨라를 보고 놀라워 했다.

"……마님?"

"어머나! 반가운 얼굴들이로군요! 그 시절엔 신세를 많이 졌어요~."

이자벨라가 생긋 웃자 반가움 때문인지 광부들의 표정도 부드러워졌다.

"여러분, 수고가 많아요. 우리 바보 아들들과 나눌 이야기가 있죠? 그 사이에 점심이라도 하면 어떨까 싶어서 준비해 왔으니까, 다 함께 들도록 해요!"

이자벨라가 짝짝 손뼉을 치자, 메이드들이 줄줄이 나타나 대량의 바구니를 펼쳐놓았다.

사우벨의 부하와 광부들이 그 모습을 보고 기뻐했다.

"마님이 오시는 날이면 맛있는 식사를 할 수 있어서, 모두와 함께 매일 와주시면 좋겠다고 이야기했던 게 생각납니다."

광부들은 그때가 그립다면서 표정을 누그러뜨렸다. 엘렌은 호위 마차가 세 대 줄줄이 따라오는 줄 알았더니, 대부분 음식을 실은 마차였던 것을 알고 놀랐다.

"어머니는 이런 면 덕분에 인기가 아주 많지."

로벨의 말에 따르면 반크라이프트령에는 기사단의 양성소 처럼 남자뿐인 곳이 많다고 한다. 그런 곳에 이자벨라가 씩씩하게 나타나 식사를 대량으로 준비하곤 한다는 것이었다.

"아버지는 위장을 사로잡힌 거지."

로벨이 조용히 말했다. 그러자 사우벨이 무언가 찔리는 바가 있느지 윽 하고 신음했다.

"너도냐."

"…………그게 무슨 말씀이신지?"

이 대화를 듣고 엘렌은 사우벨의 아내인 아리아도 기사단과 매우 가까운 곳에 있는 식당에서 일하던 사람이었다는 사실이 떠올렸다. 「핏줄이란 무섭네요」 라고 말하자 사우벨이 얼굴을 살짝 붉혔다.

"엘렌. 몸을 쓰는 것밖에 장점이 없는 사람을 회유하는 데는 밥이 가장 효과적이란다."

"……할머님?"

엘렌이 그건 할아버님을 말씀하시는 건가요……? 라며 얼어붙은 채 서 있었다. 그리고 엘렌의 뒤에서 로벨이 전부 전략이었던 것인가 라면서 툭 중얼거렸다. 그 말을 옆에서 듣고 있던 사우벨은 「형님은 어머니 핏줄이군요…….」 하고 먼 산을 바라보았다.

*

원래 이 광산은 은 광산이었다. 은 광석의 종류는 자연은, 상온의 침은광, 고온의 휘은광이 있다. 그 외에도 루비 실버라고 불리는 은과 안티몬의 황화광물인 농홍은광, 은이 비소로 바뀐 담홍은광, 각은광이라는 염화은이 존재한다.

지구에서는 이보다 더 가공된 은이 몇 종류 존재하지만, 자연계에서 발굴되는 은은 대략 이 정도다.

은광에서 다이아몬드가 채굴되는 것은 쉽게 있는 일이 아니다. 각각의 광산에서는 산이 생긴 경위가 달라서 출토되는 광물의 종류가 거의 정해져 있기 때문이다.

　다이아몬드는 마그마가 특정 조건 아래에서 굳어진 화성암이 원석이 되며, 오랜 시간에 걸쳐 풍화된 평탄한 안정 대륙에서 다수 출토되고 있다.

　지구 각지의 다이아몬드 광산을 보면 알 수 있듯이, 다이아몬드는 보통 평탄한 토지에 소용돌이 형태로 만들어진 곳에서 오픈 캐스트라고 불리는 노천굴로 채굴된다.

　은산과 채굴 방법이 전혀 다르다. 다이아몬드가 출토될 만한 깊이로 파면 틀림없이 지하수 문제로 골치를 썩이게 될 것이다.

　식사가 대강 끝났을 무렵에 모두가 다함께 이야기를 나누었다.

　모두가 광산의 입구에 설치된 넓고 간단한 형태의 목제 가옥에 모였다. 중앙 테이블에는 예전에 많이 채굴되었던 것으로 보이는 광석이 늘어 놓여 있었다.

　엘렌은 총총총 다가가 석영을 빤히 바라보았다.

　'석영이 많네…….'

　하지만 석영 안에서 자연은이 형성되는 일도 있다. 엘렌은 어떻게 하면 자연스럽게 보일지 턱에 손을 대고 고민했다.

　"……재미있으십니까?"

　광부 중에 할아버지가 한 명 있었다. 싱글벙글 웃는 낯의 수염

난 할아버지였는데, 다른 광부들의 태도를 통해서 가장 높은 지위에 있는 사람이라는 것을 바로 알 수 있었다.

"네!"

엘렌이 방긋 웃으며 답하자, 그렇습니까 하면서 할아버지도 웃었다.

'아, 석영 안에 은을 더하면…… 원자 번호 47번이야!'

엘렌은 불순물도 섞어가며 아무도 모르게 손을 쓰고, 그리고 예쁜 걸 발견했다! 하는 척을 하면서 할아버지를 향해 방긋 웃어 보였다.

"이 하얀 돌은 예쁘네요! 각도를 바꾸면 반짝여서 재미있어요!"

석영의 표면에 뚜렷이 보이는 은이 점점이 박혀 있는 것도 있었다. 하지만 자연은은 나무뿌리 같은 형태를 한 것이 더 많았다.

"반짝인다고요……?"

엘렌은 몰래 석영 안에 작은 뿌리 같은 형태로 은을 생성했다. 그리고 석영 틈새에서 슬쩍 은이 튀어나오도록 손을 써두었다. 그곳을 가리키며 여기 반짝이지 않나요? 하고 말했다.

"설마……."

놀란 할아버지는 그 석영을 손에 들고 찬찬히 살폈다. 몇 번이고 각도를 바꿔서 살펴보는 동안에 손이 흥분으로 떨렸다.

광부가 판단해도 이제 이 산에 더는 은이 없다는 결론에 이른 상황이었다. 주변 사람들은 할아버지의 반응이 이상하다는 것을 눈치채고 손 안에 있는 석영을 궁금해했다.

"영주님, 깨보아도 괜찮겠습니까?"

"아, 그래. 괜찮네."

사우벨은 엘렌이 무언가를 했다고 눈치채고 국어책을 읽듯이 대답했다. 옆에 있던 로벨이 잘 좀 하라는 의미에서 쏘아보았다.

엘렌은 위험하니 물러나라는 말을 듣고 순순히 로벨의 뒤에 섰다.

그러나 역시 호기심이 생기는지 로벨의 옷 소매를 꼭 쥐고서 고개만 슬쩍 내밀자, 주변 사람들 모두가 그 모습에 흐뭇한 미소를 지었다.

할아버지는 익숙한 동작으로 정 처럼 보이는 도구를 꺼냈다. 그리고 윗부분을 망치로 쾅 한 번 내려쳤다. 둘로 쪼개진 석영에서 자그마한 은 같은 것이 데굴 하고 깔끔하게 떨어져 나왔다.

석영에 붙여놓는 것을 깜빡했는데, 다행히 들키지는 않은 모양이었다.

"설마!"

광부들은 웅성웅성하면서 놀랐다. 사우벨과 부하들은 그것이 무엇인지 알지 못했다.

"그게 뭐지? 나무뿌리인가?"

"아닙니다! 영주님, 이건 은입니다!!"

사우벨 일행은 크게 흥분한 광부들의 모습에 당황했다.

"자, 잠깐 좀 진정하게……."

"영주님! 이 산은 마른 게 아니었습니다! 지금 바로 사람을 모아 오겠습니다!!"

이곳은 광부들이 흥분하며 끓어올라 폭발하기 직전이었다. 엘렌이 벌인 일의 여파는 대단했다.

"진정하라고 하지 않았나!!"

사우벨이 소리치자 주위 사람들이 어깨를 움찔 떨었다. 모두가 순식간에 조용해졌고, 사우벨은 헛기침을 했다.

"아버님께 들었다. 이곳이 어째서 폐쇄되었는지, 자네들은 벌써 잊은 것인가?"

엘렌은 처음 듣는 이야기였다. 은이 더는 나오지 않아서 폐쇄되었다고만 생각했는데, 병이 만연하게 된 것이 원인이었다고 한다.

'병……?'

들어보니, 은을 지나치게 채굴했기 때문에 정령에게 어떤 저주를 받았다고 하는 이야기가 나왔다.

더 자세히 들어보니 그 증상은 진폐증과 비슷했다. 분진을 들이마신 것이 원인이 되어 장애를 일으키는 병이었다.

'그러고 보니 다들 안색이……'

이 나라는 병에 관해서는 정령과 여신에게 기대고 있었다. 그리고 병이 만연하면 유행병이라 생각해 두려워했다.

전 당주 때 은이 많이 나온 해가 있었다고 한다. 광부들이 앞다투어 채굴을 진행했고, 시간이 지날수록 병으로 쓰러지는 자가 속출했다.

이 폐병은 광부만 걸리는 것이 아니었다. 면과 사탕수수, 버섯, 코르크와 펄프, 새를 사육하는 자나 선향을 취급하는 자들도 폐병에 걸리는 경우가 있었다. 그중에는 가습기나 실내에 둔 관엽식물이 원인이 되어 곰팡이가 번식하고, 그것을 흡입하여 발병하는 일도 있는 것이다.

'아…….'

엘렌의 능력은 물질의 구성을 바꾸는 것만이 아니다. 조금 전처럼 원하는 곳에 특정 물질을 넣고 빼는 것도 가능했다.

그렇다면 폐에 쌓인 분진을 제거하는 것도 가능하지 않을까? 하는 생각이 떠올랐다.

엘렌은 로벨의 옷자락을 쭉쭉 잡아당겼다.

"응? 왜 그러니?"

로벨이 바로 엘렌의 의도를 눈치채고 바라보자, 엘렌은 소곤소곤 할 이야기가 있다며 로벨을 재촉했다.

로벨이 몸을 숙여 엘렌의 이야기를 들었다. 그리고 로벨의 눈이 놀라움으로 물들었다.

"병에 관해 짚이는 바가 있다고……?"

로벨의 자그맣게 속삭이자 엘렌이 끄덕하고 고개를 위아래로 움직였다. 그런데 문득 주변이 조용해진 것을 깨달았다.

로벨의 속삭임이 주변 사람들의 귀에도 들린 것 같았다.

"뭐, 뭐라고요……?"

광부들의 놀란 시선이 자그마한 여자아이에게 쏟아졌다. 엘렌은 깜짝 놀라 로벨의 등 뒤로 숨었다.

"아, 아가씨가 저주에 대해 짚이는 바가 있으신 겁니까?!"

광부들이 오랫동안 두려워했던 저주에서 해방되는 것이 이루어질 수도 있는 순간이었다. 광부들이 은을 발견했을 때처럼 또다시 흥분하며 엘렌을 둘러싸려 하자, 로벨이 소리쳤다.

"내 딸에게 접근하지 마라!!"

살기 띤 로벨의 노성에 주변 사람들이 겁을 먹고 움츠러들었다. 사우벨과 알베르트도 엘렌을 지키기 위해 서둘러 위치를 옮겼다.

"아, 아버지. 잠시 이야기를 하게 해주세요."

"엘렌?"

엘렌은 천천히 로벨의 등 뒤에서 광부들 앞으로 나와 숙녀의 예를 갖추어 인사를 했다.

"로벨 반크라이프트의 딸인 엘렌 반크라이프트라고 합니다. 어린아이인 제가 여기에 동석한 것을 다들 의아하게 생각하고 계실 거예요."

광부들은 갑자기 모두의 생각을 읽은 것처럼 말하는 엘렌을 보며 깜짝 놀랐다. 어린 여자아이가 어른 못지않은 말투로 이야기하자 놀라운 듯했다.

조금 전의 할아버지만이 엘렌을 가만히 바라보고 있었다.

엘렌은 태도를 바꾸어 할아버지와 마주 섰다. 그리고 똑바로 할아버지를 바라보며 말했다.

"제가 여기에 있는 이유는 제 지식이 여러분에게 도움이 될 가능성이 있기 때문입니다."

"지식……?"

광부들은 엘렌의 말을 듣고 미간을 모았다. 오랫동안 이곳에서 일해와 광산에 관해 가장 잘 아는 것에 대한 긍지에 상처를 입은 것 같았다. 때문에 조금 전과는 다르게 어린아이가 무슨 말을 하는 것이냐는 듯이 험악한 시선으로 쏘아보았다.

"예를 들면 방금 이야기에 나왔던 병에 관한 것입니다."

"……짚이는 바가 있다는 말이 사실입니까? 이건 저주가 아니라는 겁니까?"

"네. 여러분을 보니, 증상이 호흡이 힘들고 가래와 심한 기침이 날 거예요. 그리고 장시간 작업에 체력이 달리고, 안색이 나빠지며 온몸이 붓고요……. 맞나요?"

"그걸 어떻게 아시는 겁니까?!"

"이 외에도 병은 여러 가지가 있지만, 이 병은 채굴 때 발생한 분진을 흡입하여 일어나는 거예요."

"뭐라고? 이게 저주가 아니란 말입니까……? 모두 젊은 나이에 죽었다고요!"

"광부만 걸린 거죠?"

"그, 그런데요."

"광산 안은 공기가 잘 순환되지 않아요. 피어오른 분진을 흡입하여 폐에 이물질이 쌓이고, 숨을 쉬려고 해도 축적된 분진이 폐를 막아 버려서 괴로운 거죠."

"그런…….."

"노폐물을 운반하기 위한 산소가 들어가지 못하고, 피가 잘 순환하지 않게 되어 버려 결국 몸 전체에 영향을 미치는 거예요."

엘렌이 거기까지 말하자 듣던 사람들은 이제 무슨 말을 하는 것인지 모르겠다는 표정을 지었다.

그저 할아버지만이 괴로움을 참는 듯한 얼굴이었다.

"광부는 젊은 나이에 죽는 자가 많습니다. 우리는 채굴을 중단한 덕분에 살았다고도 할 수 있지요……. 이건 나을 수 있는 겁니까?"

그 말에 엘렌은 슬픈 표정을 지었다. 그 모습을 본 할아버지는 그런가 하면서 웃었다.

"이 병으로 죽는 것은 우리의 긍지입니다."

엘렌은 포기의 뜻이 담긴 그 말을 듣고 놀라서 말했다.

"죄송합니다. 그 뜻이 아니에요. 완전한 치료는 어렵다고 하는 의미였어요. 할아버지만큼 오랜 세월이 지나면, 폐에 쌓인 분진이 유착되어 있거든요."

"유착……?"

"이물질이 쌓인 폐에는 상처가 나고 말아요. 그리고 몸은 살아있는 한 그것을 고치려고 하죠. 하지만 상처가 나을 때, 분진까지 폐 속에서 상처와 함께 굳어지고 마는 거죠."

"그……."

"억지로 제거하는 것은 가능하지만, 피가 뿜어져 나와서 이번에는 피가 폐를 막아버립니다. 무리한다면 이번에야말로 죽고 말 거예요."

"이럴 수가……."

이렇게까지 직접적인 치료법을 아는 자는 없었던 것인지, 너무나도 놀란 나머지 사람들은 아무 말도 하지 못했다. 하지만 할아버지만이 엘렌의 말을 반복했다.

"완전한 치료는 어렵다……. 그 말은 조금이라도 나아질 수 있다는 겁니까?"

"시간은 좀 걸리겠지만 가능할 거예요."

"뭐라고요?!"

"조금씩 체내에서 배출시키면 돼요. 유착된 부분을 조금씩 제거할 때는 아프고 괴로울 테지만, 증세는 차차 좋아질 거예요."

"엘렌……?"

다들 엘렌이 무엇을 시도하려 하는 것인지 전혀 이해할 수 없었다. 로벨도 사우벨도 놀라고 있을 뿐이었다.

"아버지, 일단 지금 저택으로 돌아가요. 어머니와 함께 상의하고 싶은 것이 있어요."

"오리진과……?"

로벨은 좋지 않은 예감을 느꼈지만, 여기까지 왔기 때문에 고개를 끄덕였다.

"채굴을 재개하기 전에 병에 대한 대책이 마련되지 않는다면, 채굴자를 고용해도 아무도 와 주지 않을 거예요. 이 상태로 다시 채굴을 시작하면 옛날 일을 아는 사람들 사이에서 저주받을 거라는 소문이 돌 가능성도 있죠. 그건 반크라이프트의 명예가 걸린 문제예요."

"……그건 그렇군."

방금 전 사우벨은 이 말을 하기 위해서 광부들을 제지했던 것이다. 적은 인원만으로 진행한다고 말하고 싶었지만, 엘렌에게서 이 병에 관한 대처법이 나오리라고는 생각도 하지 못했다.

"여러분, 은이 나왔다 해도 흥분하지 말아주세요. 우선 병에 대한 대처가 마련되지 않는 한 광산은 재개시키지 않을 거예요. 숙부님, 괜찮겠지요?"

"아, 그럼. 물론이지."

"그럼 여러분의 병 증세를 개선하고서 채굴에 착수하도록 해요. 그러면 저주가 아니었다는 말에도 설득력이 생길 테고, 여러분도 지금보다 더 건강하게 일을 할 수 있겠죠?"

"서, 설마 지금 우리를 치료해주시겠다는 말입니까……?"

"그 약에 관한 상담을 하러 올게요. 여러분은 은 때문에 소란 피우지 마시고 기다려주세요."

엘렌의 말은 소란을 피운다면 약은 주지 않겠다는 뜻이었다. 광부들에게는 자신의 목숨이 걸린 데다가 앞으로 일을 할 수 있을지 어떨지도 걸린 문제였다. 그들은 예상하지 못한 전개에 침을 꿀꺽 삼켰다.

무엇보다 이 제안을 한 사람이 어린 여자아이였기 때문에, 대체 어찌 된 일인지 하는 생각이 자꾸만 떠올랐다.

*

돌아가는 마차 안에서는 로벨과 사우벨이 머리를 끌어안고 있었다.

설마 이런 전개가 되리라고는 아무도 생각하지 못했다. 예상을 벗어난 일이 일어나, 어떻게 하면 좋을지 알 수 없게 되었다.

"저, 저기…… 죄송해요."

엘렌이 의기소침한 모습으로 사죄했다. 끼어들지 않도록 조심하고 있었는데 결국 끼어들지 않을 수가 없었다.

"엘렌, 그런데 병은 정말로 나을 수 있는 거니?"

엘렌은 사우벨의 물음에 고개를 끄덕였다.

"이론상으로는요."

"이론상?"

"발병하고서 시간이 너무 지났어요. 폐병에서 다른 병이 병발한 경우는 어찌 될지는 저도 모르겠어요……."

"병발……?"

"부상 때문에 다른 병이 생겨서 환부가 썩는 경우가 있어요. 그건 처음 부상과는 다르잖아요? 원래의 병이 원인이 되어 다른 병에 걸리는 것. 즉, 동시에 두 개의 일을 한꺼번에 불러일으키는 것을 병발이라고 해요."

"……엘렌은 어려운 말을 아는구나."

사우벨은 그저 감탄스러운 마음뿐이었다. 하지만 불치의 병이라고 여겨지던 병이 나을지도 모르는 이 사태는 엄청난 일이라고도 덧붙여 말했다.

"…………."

사우벨은 엘렌이 풀이 죽자 당황했다.

"하지만 할 수 있다고 말해버린 이상, 할 수밖에 없다. 엘렌, 그렇지?"

엘렌은 로벨의 말에 고개를 끄덕였다.

"네. 먼저 어머니의 허가가 필요하겠지만요……."

"오리의?"

"앞으로 약을 만들 생각이에요. 하지만 그것이 원인이 되어서 인간계에 어떤 영향을 끼칠지는 무시할 수는 없으니까요……."

"뭐?!"

엘렌의 말에 로벨과 사우벨이 눈을 크게 떴다. 이자벨라는 잠자코 듣고 있다가 엘렌은 그런 것까지 할 수 있는 거니……? 라며 놀랐다.

"죄, 죄송해요……. 제 힘의 사용법을 조금 바꾸면, 할 수 있을 거라고 생각했어요……."

"……."

로벨은 입을 다문 채였다. 조용히 화를 내고 있다고 해야 할까. 로벨은 한숨을 한 번 내쉬고, 엘렌을 번쩍 안아 들어 자신의 무릎 위에 앉혔다. 그리고 「오리!」 하고 불렀다.

"네에~."

지금 분위기와는 어울리지 않는 밝은 목소리가 마차 안에 울렸다. 로벨의 바로 옆에 나타난 오리진은 그대로 로벨에게 바짝 달라붙어서 자리에 앉았다.

"오리, 보고 있었으니 알 거라고 생각하는데……."

"엘렌이 하고 싶은 대로 하렴~."

무거운 분위기 속에서 시원스러울 정도로 밝은 목소리가 울렸다. 이 말에 모두가 당황했다.

"엘렌은 정령으로서 아직 미숙해. 자신의 힘이 이 세계에 어떤 영향을 줄지는 해보지 않으면 알 수 없잖니?"

"네? 아, 그렇겠죠……?"

엘렌은 오리진이 반대하고 혼낼 거라 생각했기 때문에 깜짝 놀랐다. 일행들은 엘렌이 상상을 뛰어넘는 일만 벌이는 것은 오리진을 닮았기 때문인지도 모르겠다는 생각을 했다.

"오리! 만약 엘렌에게 무슨 일이 생긴다면……!"

"어머, 괜찮아~. 여차하면 인간계에 오지 않으면 되지~."

"……뭐?!"

그 말에 비명을 지른 것은 이자벨라뿐이었다. 조금 전까지의 무거웠던 분위기가 오리진의 한마디로 사라져버렸다. 어찌나 결단력이 좋은지 이자벨라 외의 사람들은 어안이 벙벙해졌다.

그러고 보면 오리진은 예전에도 처음 만나는 이자벨라와 분위기가 나빠지면 어찌하냐는 이야기를 했을 때, 껄끄러워지면 두 번 다시 안 만나면 된다고 딱 잘라 말했었다.

"엘렌. 이것도 공부야. 할 수 있다고 단언한 이상, 하려무나. 하지만 전부 혼자 하려고는 하지 말 것. 아버지와 어머니도, 할머님과 숙부님도 있다는 걸 잊으면 안 된단다?”

오리진은 미소 지으며 엘렌에게 말했다. 그리고 「있는 힘껏 해버리렴~!」이라는 말까지 하면서 주먹을 들어 보였다.

“어머니⋯⋯.”

엘렌은 찌잉 하고 감동했다. 그리고 오리진은 로벨을 힐끗 보며 말했다.

“당신, 엘렌을 응원하는 것 정도는 할 수 있지?”

로벨이 후후후하고 웃는 오리진을 보면서 무엇인가를 느꼈는지 굳어졌다.

“⋯⋯위험하다 싶으면 데리고 돌아갈 줄 알아!”

“그렇게 나와야 나의 로벨이지~~!”

로벨의 허락도 떨어졌다. 엘렌은 갑자기 의욕이 솟아올랐다.

“알겠어요! 있는 힘껏 열심히 하겠습니다!!”

“꺄, 엘렌 힘내~~!”

엘렌은 정령왕의 허가를 받은 이상 아무것도 두렵지 않아 기세가 당당해졌다. 엘렌은 이렇게 되면 이것이랑 저것도 가능하다며 곧바로 사고가 어딘가로 날아가 버렸다.

“⋯⋯엘렌, 돌아오면 로렌한테 선물이 될 이야기를 해 준다고 했었지?”

엘렌이 로벨의 한마디에 정신이 퍼뜩 돌아온 모습을 보면서, 사우벨이 쓴웃음을 지었다.

엘렌은 다시 저택으로 돌아오자마자 로렌에게 사정을 설명했다. 그러자 로렌은 눈을 빛내며 이렇게 말했다.

"그렇게 되었다면 소문이 퍼지지 않도록 제가 관리하겠습니다."

싱긋 웃고 있는 로렌의 수완이 얼마나 대단한지는 로벨과 사우벨 만이 알고 있었다.

*

엘렌은 정령계로 돌아오자 방에 틀어박혔다.

로벨과 오리진은 엘렌이 대체 무얼 하고 있는지 도무지 알 수가 없었다. 로벨은 수경으로 상황을 지켜보고 있던 오리진에게 무언가를 만들고 있는 것 같으니 방해하지 말라는 말을 들었지만, 이대로 두어도 괜찮은 것인지 문 앞에서 침착하지 못하게 우왕좌왕하고 있었다.

그러는 사이에 반이 허공에서 훌쩍 전이해 왔다.

"음? 무슨 일이지?"

반이 나타났다는 것은 예삿일이 아니었다. 로벨은 엘렌에게 무슨 일이 있는 것인가 싶어서 미간을 찌푸렸다.

"나도 들어오면 안 된다고 해서……."

반의 귀와 꼬리는 풀이 죽어서 축 늘어져 있었다.

"너도 쫓겨난 건가……."

엘렌은 뭔가에 몰두하면 주변이 보이지 않게 된다. 자는 것도 먹는 것도 잊었다.

시간이 지나자 빈트를 비롯한 대정령들까지 모습을 드러냈다. 모두들 걱정하면서 방문 앞에서 어슬렁거렸다.

"벌써 한나절입니다……. 엘렌 님은 식사도 거르셨습니다. ……아무리 그래도 이건 너무 길지 않습니까?"

로벨이 빈트의 말에 고개를 들었다. 복도에는 대정령들이 이렇게나? 싶을 만큼 모여 걱정하고 있었다.

"……오리가 안 된다고 했는데."

로벨은 뭔가를 갈등하는 듯 미간에 깊은 주름이 잡혔다. 대정령들은 로벨의 초조해하는 모습을 보고, 지금 그들이 오리진 편을 든다면 단숨에 적으로 간주당할 것만 같았다. 그래서 로벨에게서 한 걸음 거리를 두었다.

"하지만, 아무리 그래도……."

빈트가 거기까지 말한 순간, 반이 무언가를 눈치챈 듯 문을 박박 긁기 시작했다.

"공주님! 공주님!"

로벨은 반의 당황한 모습을 보고 상황이 심상치 않다고 느꼈다. 서둘러 문을 열려고 했지만 오리진의 힘이 간섭하고 있는지 꼼짝도 하지 않았다.

"오리……. 내가 뛰어들 것을 예측하고 결계를 쳤군."

로벨은 울컥해서 대담하게 웃었다. 반크라이프트의 피를 이은 자는 적을 마주했을 때 웃음 짓는다.

예사롭지 않은 로벨의 기척을 느끼고 대정령들은 한 걸음, 또 한 걸음 문에서 점점 멀어져 갔다.

로벨은 결계에 자신의 결계 마법을 맞부딪혀 힘을 상쇄시키려고 했다. 로벨은 힘이 충돌한 여파로 주변의 벽에도 금이 가는 것을 보고 깨달았다.

"젠장! 결계는 문뿐인가!!"

로벨은 방의 벽에만 단숨에 힘을 때려 넣었다.

오리진은 엘렌이 있는 안쪽에 파편이 튀지 않도록 그곳에만 깔끔하게 결계를 만들어 두었다. 반트가 얼마나 실력이 좋은 건지……하고 기막혀하는 사이에 파편이 무너지고, 드러난 엘렌의 모습에 모두가 할 말을 잃었다.

엘렌을 둘러싸고 검은 글자 같은 것이 허공을 가득 메우며 떠 있었다.

은 글자처럼 보이는 것이 허공을 가득 메우며 떠 있었는데, 본 적도 없는 형태를 이루고 있었다. 벌집 모양을 하고 있는 듯도 보였지만 분명히 글자였다. 마법진이라고 보기에는 대정령들도 누구 하나 알지 못하는 것이었다.

"에, 엘렌……."

로벨은 대체 무슨 일인지 몰라서 식은땀을 흘렸다. 엘렌은 그 공간의 한가운데에서 중얼중얼 혼잣말을 하면서 수많은 종이에 무엇인가를 쓰고 있었다. 종이에는 본 적도 없는 글자가 적혀 있었다.

 엘렌은 대체 무엇을 하고 있는 것일까. 그리고 대정령들은 방 안을 가득 채운 방대한 마력에 두려움을 느끼고 있었다.

 엘렌은 공기 내의 탄소를 숯으로 바꾸어 잉크 대신으로 삼아가며 구조식을 계속해서 쓰고 있었다.

 종이가 부족해지자 허공에 쓰기 시작했다. 눈치챘을 때는 방 안에 그것들이 떠 있는 상태가 되었지만, 개의치 않고 줄곧 물질의 비율을 계산하고 있었다.

 기억에 있는 구조식을 써내고, 성분을 계산하고 조절해나갔다.

 그렇다. 엘렌은 「약」을 만들고 있었다.

 엘렌이 생전에 신세를 졌던 약을 중얼중얼 읊조리면서 만들어내는 모습을 보면서 일행은 아연실색했다.

 반만이 엘렌에게 달려갔다. 엘렌 주변을 빙글빙글 맴돌면서 눈치채 달라며 애를 태웠다. 엘렌의 마력이 방벽이 되어 있어 그 이상은 접근하지 못하는 모양이었다.

 로벨은 반정령이기 때문에 대정령만큼의 힘이 없어 눈치채지 못했지만, 반이 매우 초조해하는 것을 보면 엘렌이 상태는 매우 심각한 것인지도 몰랐다.

 이 정도로 방대한 힘을 계속해서 방출하게 된다면 엘렌은 쓰러지고 말 것이다. 로벨이 퍼뜩 제정신을 차리고 다급하게 소리쳤다.

"엘렌! 엘렌! 그만둬!"

엘렌이 아무리 여신의 아이라고 해도, 절반은 인간이고 아직 어린아이였다.

그러자 엘렌이 손을 번쩍 들고서 무엇인가를 외쳤다.

일행은 넘쳐흐른 눈부신 빛에 눈을 감았다. 눈이 적응됐을 무렵, 엘렌이 어린아이가 안아 들기에는 버거워 보이는 커다란 병을 끌어안고 있었다. 그 안에는 알갱이 상태의 무엇인가 가득 채워져 있었다.

"됐다~~!!"

진심으로 기뻐하는 엘렌의 목소리가 들리자 모두가 제정신을 차렸다.

"엘렌!"

엘렌이 비틀거리며 쓰러지자 로벨이 허둥지둥 안아 들었다.

엘렌의 얼굴이 붉었다. 이마를 만지자 열이 심하게 나고 있었다.

이렇게 될 때까지 대체 무엇을 하고 있었단 말인가. 로벨은 끓어오르는 분노에 호통을 치려 했지만, 엘렌은 붉은 얼굴을 한 채 후훗 하고 웃었다.

"아버지⋯⋯. 약이 완성됐어요⋯⋯."

엘렌이 갈라진 목소리로 기뻐했다. 아마 힘을 다 쓴 것이리라. 로벨은 분노와 슬픔이 뒤섞여서 아무런 말도 할 수 없게 되었다. 어째서 그렇게까지 하냐며 엘렌을 꼭 끌어안았다.

엘렌은 약이 완성되었다고 말했다. 힘이 다하기 직전까지 광부들에게 줄 약을 만들고 있었던 것이다.

"흐에에에……. 뜨거버……."

엘렌의 몸에서 힘이 빠지고 열이 나고 있었다. 로벨이 허둥지둥 오리진에게 데려가려던 순간, 엘렌이 기다리라고 말했다.

"엘렌, 왜 그러니?"

"저기…… 제일 왼쪽 병……."

"이거?"

병은 여러 개가 있었다. 안에 담긴 알갱이는 제각기 색도 모양도 달랐다.

"그거…… 한 알, 3등분해서, 하나를 삼키게 해쥬세요……."

로벨은 엘렌이 하는 말의 의미를 이해하지 못해서 혼란스러워했다.

"그거, 해열제예요…… 지혜열……."

엘렌이 떠듬떠듬 자신의 증상을 호소했다. 로벨이 지혜열일 리가 없다고 대꾸하려 하는데, 바로 옆에 전이해 온 오리진이 말했다.

"말하는 대로 해줘."

그렇게 말하는 오리진의 눈빛이 진지했다. 로벨은 오리진은 이렇게 될 것을 알고서 지켜보고 있었던 것인가 싶어서 허탈해졌다.

오리진은 바로 물병을 가져와 잔에 물을 따랐다. 그리고 로벨이 부순 알갱이 하나를 물과 함께 엘렌에게 먹였다.

"지쳐쪄여……. 잘래여……."

엘렌이 그렇게 말하고 쌔근쌔근 잠들자 동시에 주변의 마력이 흩어졌다.

고요한 분위기 속에서 모두 입을 다물고 있었다.

대정령들은 여신의 아이가 가진 힘에 경외심을 품고 엘렌을 바라보았다.

"생각했던 것 이상이야……."

로벨은 오리진이 조용히 한마디 중얼거리자 제정신을 차렸다.큰 소리를 낼 뻔했지만, 바로 눈치챈 오리진이 쉿 하고 로벨의 입을 다물게 했다.

"엘렌은 힘과 성장이 조화를 이루지 못하고 있어."

"……뭐라고?"

"원래대로라면 더 빨리 엘렌의 힘을 파악했어야만 했는데, 당신은 엘렌을 말리기만 하잖아?"

"무슨 뜻이지……?"

"나, 엘렌이 한계를 알고 싶었어. 참게 해서 미안해."

오리진은 그렇게 말하며 로벨에게 키스했다. 그리고 엘렌의 이마에도 입을 맞추었다.

"언니한테 상담해야겠어."

오리진은 로벨에게서 엘렌을 건네받아 안고서 침대로 데려갔다.

그러다 어머, 이 방 반쯤 부쉬졌네 라고 말하면서 대정령에게 다른 방을 준비하도록 지시했다.

"오리진이 엘렌을 시험한 건가……?"

로벨은 부쉬진 방 안에서 한동안 망연자실해 있었다.

*

엘렌은 깨어난 후에 한동안 몸이 나른하고 피곤했다. 하지만 결과물에 만족스러워했다.

"엘렌, 할 이야기가 있단다."

엘렌은 눈을 내리뜬 로벨을 보고 혼날 것을 예측한 듯이 한 걸음 물러섰다.

"엘렌은 자신이 무슨 짓을 했는지 모르겠지?"

"저……. 그러니까……."

"식사도 하지 않고 줄곧 방에 틀어박혀서 모두에게 걱정을 끼쳤어!"

엘렌은 로벨에게 한참 동안 쉬지 않고 설교를 들으면서, 자신도 잘못을 알고 있었기 때문에 아무런 반박도 하지 못했다.

"앞으로 무리하는 건 허락하지 않겠어. 또 그러면 반크라이프트 저택에 데려가지 않을 거야."

"네에?!"

엘렌이 불만스레 목소리를 높였다. 하지만 로벨은 떼끼 하고 엘렌을 야단쳤다.

"아버지가 얼마나 불안했는지 엘렌은 알지 못하는구나……."

로벨이 갑자기 고개를 숙이고 축 늘어진 모습을 보이자 엘렌이 깜짝 놀랐다.

"……아버지?"

엘렌은 로벨의 모습이 너무나 이상해서 자신도 모르게 오리진의 모습을 찾아 주변을 두리번거렸다. 그런 마음을 금세 눈치채고 오리진이 전이해 나타났다.

"로벨도 참…… 엘렌이 쓰러졌던 게 무척이나 견디기 힘들었나 보네."

"어머니?"

"엘렌, 앞으로 힘을 쓸 때는 아버지나 어머니에게 허락을 받으렴. 그리고 우리 눈앞에서만 해야 해."

"네? 어째서죠?"

"엘렌이 쓰러졌을 때, 말리지 못했다며 로벨이 속상해하고 있으니까~."

오리진은 후후후 하고 웃었다. 그리고 다른 이유도 말했다.

"엘렌은 아직 힘의 제어가 어설프니까, 조금 더 연습하자꾸나."

"네, 네……?"

엘렌은 이 약속은 약을 만들 때 힘을 지나치게 써서 쓰러진 탓임을 깨달았다.

"잘못했어요……."

엘렌은 축 하고 풀이 죽었다. 걱정을 끼친 사실을 이제야 제대로 이해한 것이다.

오리진은 그 모습을 보고 엘렌을 달래는 것도 잊지 않았다.

"하지만 이런 걸 용케 만들다니. 역시 내 딸이야."

엘렌은 야단을 맞다가 갑자기 칭찬을 받으리라고는 생각하지 못해서 깜짝 놀랐지만, 이내 쑥스러워했다.

"하지만 이 약을 그대로 인간에게 전부 넘기는 건 좋지 않아. 이것도 다 같이 상의하자꾸나."

"네!"

엘렌이 기운차게 대답하자 로벨은 슬픈 표정을 하고서 느릿느릿 고개를 들었다.

"엘렌은 내 마음도 몰라주고……."

"갑자기 그게 무슨 말씀이세요……?"

"내 심장을 멈추게 하는 사람이 있다면, 그건 엘렌일 거야……."

"그런 짓 안 해요!"

"그런 짓 하고 있거든요~. 엘렌 이 바보."

로벨은 엘렌을 꼭 끌어안았다.

"엘렌이 걱정을 끼쳤으니, 오늘 하루는 사과의 의미로 로벨에게 꼭 안겨 있으렴."

오리진이 웃으면서 제안하자 엘렌은 에엑?! 했지만, 로벨이 침울해하자 아무런 반박도 할 수 없었다.

자신의 잘못을 알기에 순순히 고개를 끄덕였다.

*

그 일 이후로 엘렌은 항상 로벨과 사우벨을 동반하고 반크라이프트가의 광산을 찾았다. 첫날에 이것저것 저질러버리기는 했지만, 지금은 광산을 찾을 때마다 몰래 채굴할 수 있는 것을 늘리고 있었다.

엘렌은 광산에 소량의 킴벌라이트를 생성했다. 그리고 이어서 은과 친화성이 높은 자연금을 생성했다. 자연금에는 은이 포함되어 있는 경우가 많아서, 부자연스러워 보이지 않았다.

이런 작업을 조금씩 반복했다. 소량씩 채굴되어도, 1년이 지났을 무렵에는 꽤 많은 양이 되었다.

수지타산을 맞추기 위해 적은 수의 광부만 고용해 채굴을 했다.

처음부터 다이아몬드와 금이 채굴되었다고 하면, 골드러시로 채굴자들이 밀려들 것이 뻔했다.

반크라이프트가가 소유한 광산은 작다. 때문에 사람들이 몰리면 단숨에 구멍투성이가 될 테고, 그렇게까지 일을 크게 만들 생각은 없었다. 조금이나마 수입원이 되어주는 것으로 충분했다.

그렇기에 광부들도 반크라이프트가를 섬기는 자들로 구성되어 있었다. 원래부터 있던 광부들의 수는 적었다. 그런 자들은 엘렌의 치료를 받으면서 지시를 내리는 역할을 맡거나 했다.

광산 다음은 약을 처방하기 위해서 광부들을 찾아간다.

특히 은 광산은 유독 가스와 수은 중독에 빠지기 쉽다. 거기에 분진에 의한 호흡기 계통의 질병과 다양한 광물의 독 등도 있다. 수원 등이 광물에 오염되어 독이 되기도 하는 것이다.

그러한 점들을 꼼꼼히 확인하고, 광부들의 건강 관리에 신경을 썼다.

진통제, 항생제, 감기약, 항알레르기제 등을 증상에 맞춰서 처방했다.

엘렌은 병원에서 처방된 약부터 약국에서 산 약까지, 그 성분량부터 전체적인 약의 조합량을 계산해서 산출하는 장난을 한때 놀이처럼 했었다.

같은 효능의 약이라도 제약 회사에 따라서는 배합량이 다르기도 했다. 어느 정도가 일반적인지 평균을 계산해보고 싶어했다. 물론 약의 화학식도 확인했었다.

그런 이야기를 다른 사람에게 하면 대부분 질색하기 때문에 말을 꺼낸 적도 없었다. 하지만 설마 이런 데서 도움이 될 줄은 몰랐다.

연구자라서 그렇다기보다는, 이과 계열 분야의 출신 중에는 화학식 등을 한 번 보면 어쩐지 확인하지 않고는 참을 수 없는 병을 가진 사람이 있는 것이다.

엘렌이 광부의 병 상태를 보고 몰래 축적된 독소를 체내에서 배출하고 약을 처방하는 사이에, 어느 샌가 「치료의 공주님」이라는 별명이 붙게 되었다.

제5화 반크라이프트가

라필리아는 어느 날부터 「아가씨」가 되었다.

반크라이프트가의 영주는 사우벨 반크라이프트로, 라필리아의
아버지였다.

라필리아는 여덟 살이 될 때까지 어머니와 함께 시정에서 자랐
다. 반크라이프트가로 시집온 사우벨의 본처인 제2 왕녀 아기엘이
있었기 때문이었다. 아기엘은 낭비벽이 매우 심하고 탐욕스러운 사
람이었다.

우여곡절 끝에 아기엘과 사우벨의 이혼이 성립되자, 사우벨은 드
디어 라필리아와 그녀의 어머니를 집으로 맞아들일 수 있게 되어
기뻐했다.

그 이후로 라필리아의 생활이 완전히 달라졌다.

시정에서 태어나 자란 라필리아는 정숙함과는 거리가 먼 활발한
아이였지만, 「아가씨」가 된 다음부터는 매일 숙녀가 되기 위한 공
부에 쫓기게 되었다.

반크라이프트령은 기사를 다수 배출하고 있는 땅이고, 영지 내
에 기사 양성소 같은 곳이 있었다. 그리고 베른드르령에는 학원이
라는 학교 시설이 있다. 학원에서 열두 살부터 열여섯 살까지 기초

를 배운 다음에 기사과를 졸업한 학생은 반크라이프트령의 기사탑에 들어가 실적을 쌓는다.

라필리아의 어머니인 아리아의 본가는 기사탑 근처에서 식당을 경영했고, 기사 견습생부터 반크라이프트가에 속한 기사들까지도 그 식당을 이용하고 있었다.

아리아와 사우벨은 그곳에서 서로 알게 되었다.

반크라이프트가로 들어가게 된 아리아와 라필리아. 그 전에 사우벨과 아리아는 정식으로 결혼식을 올렸다.

하지만 그러던 중에 아리아에게 부정을 저질렀다는 의혹이 나왔고, 여신의 단죄가 내려졌다.

단죄는 경고에 그쳤지만 반크라이프트가의 사람들은 사우벨을 배신한 아리아를 차갑게 대했다. 하지만 라필리아는 그 사실을 몰랐다.

그렇기에 주변 사람들에게 냉대받는 이유를 모른 채 불만만 쌓여갔다.

*

라필리아는 반크라이프트가에 온 후로 점점 초조해져갔다.

처음에는 사람들의 부러워하는 시선을 받으며 이야기 속에서만 보았던 「귀족 아가씨」가 된 것이 기쁘기만 했다.

하지만 현실은 공부, 공부, 공부……. 평소처럼 지내면 「집안의 수치」라는 말을 들었고, 계속해 감시받다 보니 숨이 막히는 것만 같았다. 뛰면 혼나고, 목소리를 높이면 상스럽다, 밖에서 놀려고 하면 교양이 없다는 말을 들었다.

가정교사로 고용된 선생님은 언제나 성가시게 굴면서 이렇게 말했다.

"참으세요. 당신은 반크라이프트가의 일원으로서 숙녀가 되도록 교육을 받아야 합니다. 지금까지 시정에서 보낸 생활은 잊으세요. 그러지 않으면 창피 당하는 것은 영주님과 당신입니다."

'이게 뭐야! 아가씨라는 거 전혀 편하지 않잖아!'

소녀의 마음으로 동경했었다. 이야기 속에 나오던 화려한 드레스를 입고 왕자님과 만나러 간다. 그런 모습을 꿈꿨다.

아침부터 밤까지 동네 여자아이들과 이런 수다를 떨면서 공주님 놀이를 하던 시절이 그리웠다. 친구들의 얼굴이 보고 싶었다. 마을에 놀러 가고 싶다고 말하면, 그곳 생활은 잊으라는 말을 듣곤 했다.

'믿을 수 없어!'

라필리아는 마을에서 살았을 때는 엄마의 본가에서 지냈다. 가게 일을 거들 생각이 없으면 나가서 놀다 오라고 내쫓기는 일도 많았다.

라필리아도 바쁜 가게 일을 도우려고 했던 적이 있었다. 하지만 어린아이인지라 무거운 것은 들 수 없었고, 키가 작아서 테이블에 무언가를 올려두는 데도 고생을 해야 했다. 본인은 바쁜 엄마를 돕기 위해 열심히 노력했지만 이것도 잘못됐다 저것도 잘못됐다, 불을 쓰는 곳이니 가까이 가지 말라는 주의를 받았다. 방해꾼 취급을 받을수록 의욕이 점점 사라져 가게에 방해가 되지 않도록 낮에는 밖에서 놀았다. 그리고 밤이면 혼자 지내곤 했다.

아빠는 영주라 바빠서 집에 오는 일은 거의 없었다. 엄마인 아리아도 가게 일을 돕느라 라필리아의 상대를 해줄 틈이 없었다.

항상 「바빠」, 「방해돼」라는 말을 들었고, 무언가를 말하려고 해도 「나중에」라는 얘기를 들으며 뒤로 미뤄졌다.

'아빠와 함께 살면 더는 쓸쓸하지 않을 줄 알았는데……'

그런데 지금은 친구와도 만날 수 없게 되었다. 라필리아는 반크라이프트가에 들어온 지금이 더 고독했다.

라필리아는 주변 사람들에게 「부러워」, 「행복해야 해」라는 말을 들었다.

행복이란 뭘까? 라는 생각을 했다. 이런 생각을 하는 것이 「행복」인 것일까.

라필리아는 가족의 단란함에 굶주려 있었다. 다른 가정에서는 당연한 광경이 너무나도 부러웠다.

아빠와 엄마는 바쁘다고 말하면서 상대를 해주지 않았지만, 앞으로는 아빠가 옆에 있어주겠다고 말했었다. 엄마도 지금부터는 편하게 살 수 있다며 기뻐했다.

지금까지 쓸쓸하게 만들어서 미안하다는 말을 듣고 진심으로 기뻤다.

아빠와 엄마의 결혼식은 동경하던 옛날이야기처럼 아름답고 꿈

같았다. 하지만 그날 이후로 갑자기 주변의 태도가 완전히 달라졌고, 엄마에게는 유독 차가워졌다.

'어째서 다들 엄마를 그런 차가운 눈으로 보는 거지?'

라필리아는 이유를 알 수가 없었다. 그리고 엄마에게 냉랭하게 대하는 자는 모두 적이라고 여기는 것은 그리 오래 걸리지 않았다.

처음에는 메이드들도 라필리아를 귀여워하면서 보살펴 주었다. 하지만 엄마도 함께 잘 부탁한다고 말하면 모두들 쓴웃음을 지으며 상관하지 않으려는 듯 멀어졌다.

할머니인 이자벨라에게 이유를 물어보고 싶었지만, 이자벨라의 엄격한 태도는 라필리아를 위축시켰다.

이자벨라의 첫인상은 가정교사와 비슷했기 때문에 어려운 상대라는 생각밖에 들지 않았다. 그래서 함께 차를 마셔도 부루퉁한 태도밖에 보이지 못했다.

어째서? 대체 왜? 라는 반항심만 커져가는 채, 3년이 가까운 시간이 흘렀다.

그렇게 라필리아는 열한 살이 되어서 본격적인 반항기에 들어섰다.

어느 날 라필리아는 메이드들이 「엘렌 님 귀여워」라고 이야기하는 소리를 들었다.

라필리아는 최근 들어 귀엽다는 말 같은 것은 들어본 기억이 없었다. 그 후 겨우 허가를 받아 돌아간 할아버지와 할머니의 식당에서 손님에게 이런 질문을 받았다. 「반크라이프트가의 공주님이 너니?」라고.

무슨 말이냐고 되묻자 아니냐면서 웃었다.

'공주님이라니, 엘렌을 말하는 거야?'

가슴속에 남은 불쾌감은 「엘렌」이라는 이름을 들을 때마다 커져 갔다.

'뭐야, 다들 엘렌 엘렌 거리고!'

그렇게 라필리아는 반크라이프트가의 사람들 모두를 적으로 대하는 듯한 태도를 보였다. 그리고 모두들 점점 라필리아를 버거워하게 됐다.

쌀쌀맞은 태도를 보이면 마음이 답답해져서 더욱 반항만 심해지게 되었다.

하지만 그럴수록 주변 사람들은 더더욱 라필리아를 엄격하게 대했다. 말을 듣지 않는 라필리아의 이야기를 제대로 들어주지 않게 되는 것은 당연했다.

그러나 라필리아는 아직 어린아이였다. 이 악순환을 이해할 수 있을 리 없었다.

'아빠한테 이를 거야!'

아빠는 이 집의 주인이다. 이야기를 들으면 너무한 처지라고 말해줄 것이 틀림없었다. 평소에는 좀처럼 만날 수 없는 아빠를 때마침 발견하고 쫓아갔다.

"아빠!"

"라필리아? 왜 그렇게 급하니? 숙녀는 뛰면 안 된다고 혼날 거다."

"진짜~ 다들 그 말뿐이라니까! 그보다, 아빠! 내 얘기 좀 들어봐……."

라필리아가 뺨을 부풀리며 화냈다. 바로 입을 열어 자신의 불만을 얘기하려 했지만 사우벨이 먼저 말을 꺼냈다.

"라필리아, 미안하지만 아빠는 바쁘단다. 이야기라면 엄마에게 하려무나."

사우벨이 라필리아의 머리를 쓰다듬으려 하자, 라필리아는 반항적으로 그 손을 쳐냈다.

"매일 왜 그러는 건데?! 이해할 수가 없어!"

아빠는 늘 그랬다. 바쁘다고 말하며 이야기를 들어주지 않았다. 앞으로 옆에 있어 주겠다고 했던 것은 거짓말이었던 것인지 의심하게 됐다.

라필리아는 배신당한 기분으로 가득해져서 자신도 모르게 휙 달려갔다. 사우벨이 잡아주지 않을까 생각했지만, 뛰면 안 돼! 라는 잔소리만이 등 뒤에서 들려왔다.

'이젠 나도 몰라!'

라필리아는 눈치채지 못했지만 사우벨 옆에는 로벨이 있었다.

로벨은 모든 상황을 옆에서 지켜봤고, 이야기를 들어주는 딸에게 그런 태도를 보인 것에 대해 믿을 수 없다는 눈을 하고 있었다.

"사우벨…… 너……."

"왜, 왜 그러십니까."

"옆에 손님이 있다는 것도 모를 만큼 급하게 달려왔잖아? 너한테 할 중요한 이야기가 있던 거 아니겠어?"

"……네?"

"너는 여성에 관해서만은 정말 둔하다고 생각하긴 했지만… 설마 딸한테까지……. 상대가 남자면 금세 무슨 일이 있었는지 알아채면 서……. 설마 일부러 그러는 거냐?"

"잠깐, 형님. 그게 무슨 뜻입니까?!"

로벨은 당황하는 사우벨에게 어깨를 으쓱했다. 그리고 기가 막힌 다며 한숨을 내쉬었다.

*

"엄마!"

라필리아는 아리아의 방을 향해 돌격해서 문을 쾅 하고 열었다. 그 덕에 방 안에 있던 메이드가 깜짝 놀랐다. 잔소리를 들을까봐 몸을 살짝 움츠렸지만, 조금 전 사우벨과 나누었던 대화가 머릿속에 되살아나 화를 내며 아리아에게 달려갔다.

"엄마, 들어봐! 아빠가 너무한 거 있지!"

"라필리아……."

라필리아는 나른한 모습의 아리아를 보고 퍼뜩 깨달았다. 예전에는 이런 엄마를 자주 보았었다.

이제 그런 엄마의 모습을 보는 일은 없겠다 싶어서 기뻐했는데. 라필리아는 환경이 이렇게나 달라졌는데도, 아빠도 엄마도 달라지지 않았다며 슬퍼했다.

"엄마, 또 술 마셨어?"

아리아는 언제나 그랬다. 식당을 닫아야 할 시간이 되면 남아 있는 손님과 어울려 자주 술을 마셨다.

그 시간이면 라필리아는 이미 잠들어 있었다. 하지만 때때로 가게에서 들려오는 즐거운 웃음소리에 종종 잠을 깨기도 했다. 그리고 아침이 되면 반드시 숙취로 기분이 나빠진 아리아가 있었다.

라필리아는 이런 때의 아리아는 매우 폭력적이기 때문에 가까이 가지 않도록 조심했다.

할아버지에게 언제나 혼나면서도 아리아는 네네 건성으로 대답할 뿐 고치려 하지 않았다.

'내가 네네 하고 흉내 내면 엄청나게 화내면서……'

아리아는 그런 식으로 밤에 남성 손님과 즐겁게 지낸 탓인지 주변에서 험담을 자주 들었다.

아이는 어른의 이야기를 아무런 생각 없이 듣는 법이다. 그리고 흉내 내며 가까운 본인에게 직접 말하곤 한다.

『너희 엄마가 남자한테 추파를 날린다고 하더라!』

아이는 어른들이 쓰는 말의 의미도 모른 채로, 나쁜 말이라는 것만은 민감하게 포착해 흉내를 낸다.

라필리아는 자신이 들은 말이 무슨 뜻인지 몰랐다. 하지만 그 말의 뜻을 엄마에게 물어서는 안 된다고 하는 것만은 확실하게 느꼈다.

그래서 라필리아는 할아버지에게 물어보았다. 하지만 「그럴 리가 없지 않니!!」라며 무섭게 화를 냈다. 라필리아는 그저 무슨 뜻인지 알고 싶었을 뿐인데.

'애들 모두 나한테 그렇게 말하는걸. 그리고 숨겨둔 아이란 건 무슨 뜻이야?'

험담을 듣고 있다는 것은 알았지만 왜 그런 말을 들어야만 하는 것인지 이유를 여전히 알 수 없었다.

"시끄럽네……."

아리아는 아이의 높은 목소리에 두통이 일었는지 미간을 좁혔다. 기분이 안 좋은 아리아는 낮과는 인상이 전혀 다르다. 평소에는 상냥하지만 술을 마신 다음 날 아침은 언제나 이랬다.

"지금 몸 상태가 별로야. 보면 모르겠니?"

"부인, 그건 과음한 탓입니다. 물을 드리겠습니다."

곧바로 곁에 있던 메이드가 잔소리와 함께 물을 건넸다. 하지만 아리아는 메이드를 노려보면서 소리쳤다.

"시끄러워! 말대답하는 거야?!"

"제가 주제넘은 짓을 했습니다."

메이드는 죄송하다며 고개를 숙였지만, 이미 익숙한 일인지 감정도 없이 담담한 모습이었다.

"……엄마?"

라필리아는 지금껏 보지 못했던 아리아의 태도에 놀랐다. 자신의 엄마가 다른 사람에게 이런 태도를 보이는 사람이었나?

"어서 어디든지 가 버려!"

아리아의 손에서 휙 하고 뭔가가 날아왔다. 라필리아가 눈을 깜빡인 순간 눈앞에는 메이드의 뒷모습이 있었다. 무슨 일이 일어난 것인지 모른 채, 잘못 본 것인가 하며 반복해서 눈을 깜빡였다.

"아가씨, 괜찮으십니까?"

"어? 응……?"

아리아는 협탁에 있던 물이 담긴 잔을 들어서 라필리아를 향해 끼얹었다. 순간적으로 메이드가 감싸서 앞치마가 푹 젖게 됐지만, 라필리아의 위치에서는 그것이 보이지 않았다.

라필리아는 아리아의 태도가 평소보다 심각한 느낌이 들어 당황했다.

"위험하니 주방 사람들에게 부인께 술을 드리지 않도록 말해두겠습니다."

메이드는 차가운 미소를 지으며 물러났다. 손에는 어느 틈엔가 협탁에 놓여 있던 잔과 남은 술이 들려 있었다.

그 모습을 본 아리아가 「잠깐!」 하고 메이드를 허둥지둥 불렀지만, 문을 닫는 소리에 묻히게 되었다.

이 광경은 평소와 다르지 않은 것 같았다. 과음한 아리아는 할아버지와 할머니에게 호되게 야단을 맞았었다. 손님에게 팔 술을 마음대로 마셔버린 모양이었다.

아빠 집에 왔어도 아빠의 태도가 달라지지 않았던 것처럼, 엄마도 달라지지 않은 것이다.

라필리아는 냉정한 기분이 되어 그대로 물러나려 했다. 하지만 침대에 엎드린 아리아는 라필리아가 이곳에 남아 있다는 것을 이제야 눈치챈 듯 짜증스레 소리쳤다.

"뭐 하러 온 거야? 용건이 없으면 빨리 나가!"

라필리아는 아리아의 말에 울컥해서 화를 냈다.

"용건이 있어서 왔어! 하지만 아빠도 엄마도 이야기는 듣지도 않고 저리 가라고 말했잖아!"

"……뭐야?"

아리아는 갑자기 화를 내는 딸의 태도에 놀랐는지 어리둥절해했다.

"이야기 같은 거 들어주지도 않으면서 용건이 없으면 이라고 말하다니, 웃기지 않아?!"

"……무슨 말이 하고 싶은 건지 전혀 모르겠어."

한숨을 내쉰 아리아는 어서 용건을 말하라며 침대에서 몸을 일으켰다.

라필리아는 드디어 이야기를 들어주는가 싶어 기뻐했다. 그리고 기세 좋게 불만을 토해냈다.

"아빠는 너무해! 이야기를 들어주지 않잖아!"

그 말을 들은 아리아는 정말 지독한 얼굴을 하고 있었다. 고작 그런 것 때문이냐고 말하는 것 같은 찡그린 얼굴이었지만, 조금 전 메이드와의 대화로 조금이나마 제정신이 든 모양이었다.

아리아는 한숨을 내쉬면서 라필리아를 타이르듯이 말했다.

"그 사람은 바쁘니까 할 수 없잖니? 그건 줄곧 말했었잖아."

"하지만 이상하지 않아? 바빠서 함께 살지 못했던 거라고 아빠가 말했잖아. 함께 살고 있는데 어째서 전이랑 달라지지 않는 거야?"

라필리아는 자신의 의문은 당연한 것이라 생각했다. 환경이 이렇게나 달라졌는데 어째서 아무것도 달라지지 않는 것인가? 아니, 예전보다 심해진 기분조차 들었다.

"그보다, 아빠가 돌아와 있었어?"

"응."

"……저기, 옆에 아주버님은 안 계셨니?"

"어?"

숙부인 로벨을 말하는 것일까?

"……몰라."

"그래……."

라필리아는 로벨이 없었다는 말을 듣고 실망한 엄마의 모습을 보고 안 좋은 느낌이 들어서 허둥지둥 이야기를 이어갔다.

"그리고 있지, 공부 공부 공부……. 제대로 안 하면 집안의 수치라느니 하는 말을 해! 여기 우리 집이잖아? 어째서 그런 말을 들어야만 하는 거야?!"

라필리아는 아리아가 제정신을 차렸다고 생각해서 말을 쏟아냈다. 말한 직후에 혼날지도 모른다는 생각이 들어서 긴장했지만, 아리아는 툭 중얼거렸다.

"그런 건 그냥 무시해버리면 되잖아?"

"……어? 그래도 돼?"

"라필리아, 우리는 귀족이 되었어."

"그건 아빠한테 들었지만……."

"귀족이란 건 대단한 사람이니까 뭘 하든 괜찮아. 대단하니까 다른 사람은 혼내지 못해."

"뭐? 그런 거였어?!"

"이제 우리는 귀족이니까, 우리에게 화낼 수 있는 건 아빠 정도야. 아빠를 혼낼 수 있는 건 이 나라의 왕뿐인걸. 아빠는 그렇게 대단한 사람이란다."

"하지만 아무리 대단해도 나는 혼나기만 하는 걸?"

"그건 얕보이는 거야."

"……얕보이는 거라고?"

"있잖아, 라필리아. 기억해봐. 라필리아도 들었었지? 너가 숨겨둔 아이라고."

"그걸 엄마가 어떻게 알아?"

"내가 본처인 게 틀림없는데 바보 취급하고 말이야."

"……웅?"

아리아는 중얼중얼 무언가를 말했지만, 너무 작은 목소리여서 라필리아에게는 거의 들리지 않았다.

아리아는 이내 감정을 제어할 수 없게 되었는지 점점 오열하는 소리가 들려왔다.

"어, 엄마……?"

엄마가 울고 있다. 라필리아는 어찌하면 좋을지 몰라 우왕좌왕했다. 아무래도 아리아도 뭔가를 고민하는 듯 했다.

"나는 그냥 아주버님과 친해지고 싶었던 것뿐인데……. 어째서 이런 대접을 받아야 하는 거야?"

"……뭐?"

"좀 들어보렴. 라필리아. 엄마는 말이야, 아빠의 가족과 친해지고 싶었어. 그게, 함께 사는 가족이 되는 거잖아……."

"……응."

라필리아는 사우벨의 어머니인 이자벨라와 형 로벨을 말하는 것인 것을 바로 눈치챘다. 그리고 엄마가 하고 싶은 말을 이해했다. 라필리아도 마음에 들려고 애썼지만 공부도 어렵고 상황이 잘 풀리지 않았다.

숙녀처럼 행동하지 않으면 차가운 눈초리로 바라보는 것에 견딜 수 없게 되어갔다.

"너무해, 모두 하나같이……."

"너무해? 엄마, 그게 무슨 말이야……?"

아이는 부모의 등을 보고 자란다. 그것은 좋게도 나쁘게도, 아이가 부모를 사랑하기 때문이다.

때마침 문 쪽에서 흠흠 하고 헛기침하는 소리가 들려왔다. 라필리아와 아리아는 문 쪽을 바라보았다.

이사벨라는 무서운 표정을 한 채로 서 있었다.

"복도에까지 들렸습니다."

라필리아는 엄마의 다음 이야기가 신경 쓰였지만 혼나기 전에 방을 나갔다. 이자벨라는 마주하기 어려웠다.

문을 닫고 한숨을 내쉬며 자신의 방으로 돌아가려 하던 때였다.

이자벨라의 목소리가 문 너머에서 들려왔다.

『너는 항상 이러는구나. 왜 아내로서 사우벨을 맞으러 가지 않는 게냐?』

라필리아는 이자벨라가 아리아를 괴롭히는 것이라고 생각해서 분노하며 방으로 돌아가려고 했다.

『……하지만, 그 사람이 없잖아요?』

『그 사람?』

『아주버님이 안 계신 거라면 딱히…….』

『대체 무슨 소리를 하는 게냐?!』

엄마가 말하는 「그 사람」. 「아주버님」이 없으면 아빠를 마중 나가지 않는다고?

엄마는 대체 무슨 말을 하는 것일까? 너무하다고? 아빠보다도 숙부를 우선하면서 너무해?

어쩐지 소름이 돋았다. 알고 싶지 않았다. 알아서는 안 될 것 같은 기분이 들었다.

라필리아의 머리 한구석에서는 무언가를 깨달은 것 같은 느낌이 들었지만, 더는 알고 싶지 않아 자신의 방으로 도망쳤다.

*

이자벨라는 격노한 채로 사우벨의 집무실로 향했다.

방으로 쾅! 소리를 내면서 들어가자, 로렌과 사우벨이 놀란 얼굴을 하고 있었다.

이자벨라가 조금 전에 로벨이 오지 않았니? 라고 묻자 형님은 돌아갔다고 사우벨이 대답했다.

"로렌은 잠시 자리를 비켜주게."

"예."

로렌은 이자벨라의 화난 모습을 보고 무엇인가를 눈치채고 서둘러 방을 나섰다.

"……어머님?"

"사우벨! 그 사람은 대체 뭐니?!"

사우벨은 그 말에 아리아의 이야기라는 것을 깨닫고 미간에 주름이 잡혔다.

"……제가 묻고 싶을 지경입니다."

"어째서 언제까지고 그걸 봐주고 있으려는 게야?!"

3년 전의 그날 이후, 사우벨은 아리아를 믿고 싶다고 말했었다. 그러나 마음 한편으로 아리아를 믿을 수 없게 되었다.

아리아가 그때 「사우벨을 사랑한다」고 말했던 대로, 사우벨에게 마음을 썼다면 주변의 시선도 달라졌을지 모른다. 하지만 아리아는 반성의 기색도 없이 로벨에 대한 집착을 노골적으로 드러냈다.

여신에게 단죄를 받았다는 사실을 받아들이지 않고, 잘못한 것이 없다며 태도를 바꾸지 않았다. 자신은 가족으로서 마음에 들 수 있도록 노력하고 있을 뿐이라면서.

이자벨라는 왜 그렇게 말하면서 가족이자 남편인 사우벨과는 잘 지내려 하지 않는 것이냐고 줄곧 아리아와 언쟁을 벌이고 있었다.

"사우벨, 이제 그만 헤어지려무나. 더 이상은 안 되겠다……."

이자벨라가 슬프게 말하자 사우벨은 고개를 숙였다.

"라필리아가……."

"라필리아가 마음 쓰이니? 라필리아는 후계자니 돌려보내지 않으면 된다."

"……어머님. 알고 계시잖습니까."

"……후우."

이자벨라는 쓴웃음 짓는 사우벨에게 아무런 말도 할 수 없었다.

지금 라필리아는 엄마에게 의존하면서 저택 사람들을 적대시하고 있다.

게다가 3년 정도 귀족으로서의 교육을 해보았지만 적성에 맞아 보이지 않았다.

"제가 라필리아를 감당하지 못하고 있다는 것도 사실입니다."

아기엘이 아직 반크라이프트가에 있던 때는 보복을 두려워해서 아리아와 라필리아를 집으로 불러들이지 못했었다.

아기엘이 아리아를 업신여기는 정도에 그쳤던 것은, 사우벨이 아리아가 있는 곳으로 걸음을 하지 않았기 때문이었다.

사우벨이 지나치게 소중하게 생각한 나머지 라필리아는 아빠의 존재를 모른 채 자라났다.

어느새 라필리아는 많이 성장했고, 사우벨은 딸을 어찌 대하면 좋을지 알 수 없게 되었다.

그러던 중 로벨이 돌아오면서 순식간에 바뀌었다. 겨우 제자리로 돌아왔다고 생각하자 아리아의 죄가 발생한 것이다.

"……라필리아를 학원에 보내기로 했습니다."

"어머나."

"숙녀과에 입학시킬 겁니다. 이 집에 없는 편이 좋을지도 모릅니다. 다른 귀족들을 보고, 귀족으로서의 자각이 싹틀지도 모르죠."

"싹트지 않는다면?"

"……아리아와 함께 시정으로 돌려보내겠습니다."

"……그래."

이자벨라는 납득했는지 들고 있던 부채를 탁 접었다.

조용한 방에 울린 부채 소리가 이야기는 이제 끝났다는 뜻 같았다. 하지만 사우벨은 대화를 이어갔다.

"……어머님, 라필리아는 왜 말을 듣지 않는 걸까요?"

"갑자기 왜 그런 것을 묻는 거니?"

"엘렌은 그렇게나 솔직한데, 라필리아는 어째서 그런 걸까요?"

"진심으로 말하는 게냐?"

이자벨라의 놀란 얼굴을 보고 사우벨도 놀랐다.

"엘렌과 라필리아를 비교하지 말거라!"

이자벨라의 일갈에 사우벨은 눈을 깜빡였다.

"엘렌은 정령계의 여왕으로서 교육을 받고 있다. 라필리아와 비교하는 것 자체가 잘못됐어!"

"여왕……."

사우벨은 잊고 있던 사실에 놀랐다. 이자벨라는 그 모습에 기가 막혀 사우벨이 눈치채지 못한 것이라 생각해 슬픈 표정으로 말했다.

"사람을 그렇게나 좋아하는 엘렌이 피가 이어진 같은 나이의 여자아이를 만나려 한 적이 없었지. 어째선지 알겠니?"

이자벨라의 말에 사우벨은 그러고 보니…… 하고 중얼거렸다.

"라필리아를 통해서 로벨과 아리아가 만나는 일이 없게 하기 위해서란다. 귀족의 사교도 경험하지 않은 평범한 여자아이가 그런 사실을 깨달을 수 있으리라고 보니?"

너도 깨닫지 못했겠지 라고 말하는 이자벨라의 말을 듣고, 사우벨은 놀라움을 감출 수 없었다.

"엘렌은 특별하단다. 그 아이는 어른을 잘 살피고 해야 할 행동을 하고 있어. 왕과도 대등하게 이야기했다잖니. 라필리아에게도 그런 게 가능할까?"

"…………."

"아빠로서 딸을 대하기 어려운 것은 당연하단다. 아들은 아빠를 보고 자라고 딸은 엄마를 보고 자라지. 너도 아버지의 뒷모습을 보며 자랐잖니?"

"……네."

"아리아는 그 역할도 포기했더구나. 나도 라필리아를 교육하려고 했지만, 미움을 받게 되고 말았지……."

이자벨라는 언제나 여자아이를 원해 왔던 만큼 쓸쓸한 듯 중얼거렸다.

저택의 사람들도 최선을 다했지만 라필리아와 아리아에게는 전해지지 않았다.

"본인에게 달라질 마음이 없으면 아무 소용없는 게지."

이자벨라는 슬퍼하며 말했다. 그녀는 아리아와 라필리아만을 두고 말한 것이 아니었다.

사우벨도 깨닫기를 바라는 마음을 담았지만, 사우벨도 역시 깨닫지 못했다.

*

엘렌의 방문은 몰래 이루어졌다.

사우벨이 치료가 필요한 사람들을 사전에 조용히 모았다. 그리고 엘렌이 한꺼번에 치료하는 것이다.

이 세계의 치료 기술 같은 것은 뻔했다. 약초라는 이름의 허브를 이용한 약과 정령에게 기도한다고 하는 주술 같은 것이 있을 뿐, 「환부를 직접 치료한다」고 하는 마법은 생명을 관장하는 대정령 레벤과 치료를 관장하는 클리렌밖에 쓰지 못했다.

엘렌이 다양한 약을 만들었더니 클리렌이 매우 신기해했다. 정령과 인간은 애초에 다르게 만들어졌기 때문에 정령에게는 병의 경과 같은 개념 자체가 존재하지 않는 모양이었다. 엘렌으로서는 그게 더 놀라웠다.

처음 광산에 다녀온 뒤로 이미 반년이 지났다. 그동안 엘렌은 반크라이프트령에서는 치료원을 설립하는 등 바쁜 나날을 보냈다.

*

오늘도 영지에서의 치료를 마치고 로벨 일행과 함께 저택으로 돌아가는 길이었다. 사우벨이 엘렌의 머리를 쓰다듬었다.

"엘렌의 약 덕분에 영지의 사망자 수가 크게 줄었다는 보고를 받았단다. 정말 고맙구나."

엘렌은 다정하게 쓰다듬는 손길을 받으며 자신의 존재를 새삼스레 실감했다. 정령들이 기뻐하는 모습도 그렇지만, 가까운 사람들이 기뻐하는 모습은 순수하게 기뻤다.

"······에헤헤."

엘렌은 조금 부끄러워하면서도 이번에는 작물의 비료에 관해 물어보았다.

반년 전 엘렌은 토지를 쉬게 하면서 작물을 키우는 것과 비료에 관해 조언했었다. 이제 슬슬 그 결과가 나올 때였다.

"그래, 그쪽은 로렌이 맡고 있단다. 로렌이 올해는 풍작이 될 것 같다고 기뻐하더구나."

사우벨은 다시 엘렌의 머리를 쓰다듬었다. 그리고 엘렌은 잘됐다고 안심했다.

"역시 내 딸이야!!"

로벨이 옆에서 갑자기 꼭 끌어안자 엘렌은 답답함에 괴로워했다.

"뀨우."

"……형님, 엘렌이 괴로워하지 않습니까."

사우벨은 로벨에게서 엘렌을 휙 빼앗아 안아 들었다.

사우벨은 최근에 엘렌을 이런식으로 구해주었다. 그리고는 사우벨의 왼쪽 어깨에 앉혀주는 것이다. 탄탄한 체형인 사우벨의 어깨는 엘렌이 앉아도 꿈쩍도 하지 않았다.

정령의 체중은 인간의 20퍼센트 정도라 가볍기도 했지만, 그래도 대단하다고 생각했다.

엘렌은 마른 체형인 로벨에게는 불가능한 일이라서 이렇게 사우벨이 어깨에 앉혀줄 때마다 기뻐하며 신나 했다.

"후훗."

엘렌이 만족해서 사우벨의 머리에 머리를 살짝 기대자 로벨은 원망스러운 표정으로 으득으득 이를 갈았다. 꽃미남이 아무 쓸모없어졌다.

"엘렌! 아버지도 엘렌을 어깨에 태워줄 수 있어!!"

"아버지는 키가 작으니까 됐어요."

"크헉!"

꽃미남이 아무런 소용없어진 사이에 로벨의 등 뒤로 갑자기 오리진이 나타났다.

부르지 않으면 나타나지 않던 오리진이 별일이었다. 로벨과 엘렌이 어쩐 일이지? 하고 놀랐다. 오리진은 눈썹을 축 늘어뜨리면서 우물쭈물했다.

"……오리? 갑자기 무슨 일이야?"

로벨이 꽃미남으로 돌아와 물었다.

고개를 살짝 숙인 오리진의 머리카락을 한쪽으로 넘기며 살며시 입을 맞추는 모습은 정말이지 한 폭의 그림 같았다. 조금 전 크헉! 하는 소리를 냈던 남자가 다음 순간에 이렇다니.

사우벨도 오리진이 갑작스럽게 나타나자 당황하고 있었다.

"……도."

"오리?"

"나도 엘렌이랑 같이 일하고 싶어~~!"

정령왕이 치사해! 하고 외쳤다.

"어머니, 안 돼요."

"아앙! 엘렌은 심술꾸러기야!"

"어머니, 잠깐만요. 그 말투는 갑자기 어디서 배워 오신 건가요?"

"음? 심술꾸러기? 무슨 말이지?"

"의미는 짓궂은 사람이라는…… 아니, 그게 아니라!"

"어머니도 매일 배움이 늘고 있답니다!"

"잠깐, 그 대화 들어본 적 있어!"

오리진은 엘렌에게 딸 흉내를 내지 마세요 하고 야단맞았다. 그런데도 그렇지만~ 하고 토라진 표정을 지었다.

"걱정이 돼서 지켜보고 있었는데, 엘렌이랑 모두가 즐거워 보이잖아! 나도 같이하게 해줘!"

"어머니, 이건 일이에요. 그리고 어머니가 있으면 주변에 커다란 영향이⋯⋯. 그보다, 세계를 지탱하는 중요한 일은 어떡하실 건가요?"

"아앙⋯⋯."

패기 없는 「아앙」에 힘이 쪽 빠질 것만 같았다. 로벨은 오리진이 어리광을 부리고 있다는 것을 깨닫고 얼굴 가득히 미소를 지었다.

"오리, 이리 와."

로벨은 힘없이 어깨를 축 늘어뜨린 오리진을 온 힘을 다해서 달래주었다. 엘렌은 일단 오리진의 설득은 로벨에게 맡기기로 하고, 사우벨에게 죄송하다고 사과했다.

"지금부터 아버지랑 같이 어머니를 달래주기 위해 돌아가야 할 것 같아요!"

"그렇구나."

사우벨은 키득하고 웃었다. 엘렌을 천천히 땅에 내려놓자 엘렌은 고맙습니다! 하고 숙녀의 인사를 하고서 로벨과 오리진 쪽으로 달려갔다.

사우벨은 흐뭇한 광경이라고 생각했다. 그리고 자신의 가족을 돌이켜 보았다.

사우벨은 낮에 보았던 라필리아의 태도를 떠올리고는 저택에 돌아가 대화를 해보겠다고 마음먹었다.

하지만 사우벨이 일을 마치고 돌아왔다는 보고를 한 뒤, 딸이 할 이야기 같은 것은 아무것도 없다며 뾰족하고 쌀쌀맞은 반응을 보이자 슬픔을 맛보아야만 했다.

사우벨은 그때그때 잘 대응하지 않으면 나중에 힘들어진다는 것을 경험을 통해 알게 되었다.

　엘렌은 이렇게 이런저런 일이 생기면서도 모두와 함께 평화롭게
지냈다.
　하지만 이 약의 존재가 왕가에 알려지지 않을 리가 없었다.
　쾌청한 하늘이 흐려지듯이, 불온한 공기가 천천히 다가오고 있
었다.

제6화 약에 관한 소문

 텐바르 왕국 일각에서 어떤 소문이 조용히 퍼지고 있었다.
 사건의 발단은 각지를 떠도는 여행자와 상인들의 이야기였다.
 반신반의하며 퍼진 소문은 문제를 가진 자들과 그 가족에게 있어 한 줄기 광명과도 같았다.

 어느 상인이 가족과 함께 여행을 하면서 장사를 하고 있었다.
 그러나 반크라이프트령을 지나갈 때 외아들이 유행병에 걸리고 말았다.
 부모는 놀라서 영지 안에 있는 치료원으로 달려갔다.
 "자제분은 저희 쪽에서 사흘 정도 맡도록 하겠습니다. 걱정하지 마세요. 금방 나을 겁니다."
 치료사에게 그런 말을 들었어도 아이의 부모는 의문스러웠다. 여유로운 표정으로 아이를 맡겠다고 하는 치료사. 아이와 떨어지는 것을 불안하게 여긴 부모는 아이 옆에 있게 해달라고 부탁했다.
 "자제분의 병이 옮으면 곤란하니 불가합니다. 하지만, 매일 만나러 오시는 건 괜찮습니다."
 치료사의 말은 타당했다. 괴로워하는 아들을 보고서 부모는 「잘 부탁드립니다」 하고 고개를 숙였다. 때마침 어떤 높으신 분이 치료원을 방문했는지 치료사는 서둘러 아이의 진찰을 마쳤다.

"사람을 보낼 테니 자제분은 이대로 여기 눕혀두세요."

서둘러 나가는 치료사의 뒷모습에 놀란 부모는 여기에 아이를 맡겨도 괜찮을지 불안해졌다.

아빠는 열이 나는 아들의 머리를 걱정스레 쓰다듬는 아이 엄마의 옆얼굴을 보고 다른 곳으로 가는 것이 좋지 않겠느냐고 이야기했다.

"역시 그러는 게 좋을까……."

두 사람은 걱정스레 주변을 둘러보다가 문득 위화감을 느꼈다.

이 방은 매우 밝았고 청결하게 유지되어 있었다. 기억에 남아 있는 치료원은 이렇게까지 깨끗한 곳이 아니었다.

"하지만…… 실내는 아주 깔끔하네."

"다른 환자도 있는 건가?"

커튼으로 가려진 옆 침대를 들여다보자 그곳에도 잠든 다른 환자가 있었다. 열이 있는지 남성의 얼굴은 아들과 마찬가지로 불그스레했지만, 편안하게 잠들어 있었다.

부모는 조용히 주변을 슬쩍 엿보았고, 꽤 많은 수의 환자가 누워 있다는 것을 알게 되었다.

"많지 않아?"

"으, 응. 그러네……."

큰 규모로 보이는 침대 수. 약 열 명 정도가 한 방에 있었다.

침대 주변은 커튼으로 가려져 있어 일부러 엿보지 않는 한은 옆

침대에 있는 사람을 볼 수 없었다.

아이의 아빠는 상인의 눈으로 주변을 다시 확인했다. 새 건물로 보이는 실내. 창이 많이 나 있고 얇은 천으로 된 커튼을 통해서 부드러운 빛이 들어와 내부를 가득 채우고 있었다. 그리고 무엇보다 청결하게 유지된 새하얀 시트.

책상에는 라벤더가 장식되어 있어 실내에서는 희미하게 꽃향기가 났다. 지금까지 보아 온 치료원과는 전혀 달랐다.

다른 치료원은 보통 분위기가 어두침침했고 약 특유의 심한 악취가 배어 있었다. 정령에게 기도해야 한다며 갑자기 그 자리에서 향을 피우는 치료사도 있었다.

"여보……. 이 치료원은 뭔가 신기한 곳 같네."

"음, 그러게……."

아빠는 신경이 쓰이기 시작했는지 커다란 방 옆에 있는 진찰실로 돌아가 다시 살피기 시작했다. 책장과 책상 위 등을 보았다. 얼핏 보기에는 잘 정돈되어 있고 물건도 적었다. 소박해 보이지만 자세히 보면 깃펜, 잉크병, 문진, 하나하나에 세세한 장식이 되어 있다는 것을 알 수 있었다. 단순하지만 좋은 물건들이었다.

"……바가지를 씌울지도 모르겠는걸."

"뭐? 그게 무슨 말이야?!"

엄마는 아이 아빠의 말에 놀라서 옆에 잠들어 있는 사람이 있다는 것도 잊고 큰 소리를 내고 말았다.

그 순간 입구에서 똑똑 노크하는 소리가 들렸다. 놀란 엄마의 목소리에 누군가가 살피러 온 것 같았다.

"……무슨 일이십니까?"

귀족 같아 보이는 남성 둘이 있었고, 예쁜 여자아이가 남성의 뒤에서 고개를 쏙 내밀고 있었다.

"환자분 가족이신가요?"

아이의 눈동자는 매우 아름다운 보랏빛을 띠고 있었다. 각도를 바꿔 보면 반짝반짝 색이 바뀌는 것 같은 착각을 일으켰다. 부모는 보석과도 같은 그 눈동자에 잠시 넋을 잃고 있다가 퍼뜩 정신을 차렸다.

같이 들어 온 남성 둘도 아주 단정한 생김새를 하고 있었다. 얼굴이 닮은 것을 보면 친족일지도 몰랐다.

한쪽은 선이 굵은 이목구비의 듬직한 남성이었고, 다른 한쪽은 소녀와 같은 머리카락과 눈을 하고 있었다. 이 청년과 소녀는 남매인 것일까?

"그게……. 아들이 열이 나서. 소란스럽게 해서 미안하구나."

"미안해."

"아드님이신가요?"

놀라며 고개를 갸웃거리는 소녀의 체구를 보니, 여덟 살 정도 되었을까? 아들과 같거나 더 어린 나이로 보였다.

엄마가 아들은 열 살이라고 대답했다. 그 말을 들은 소녀는 부모 옆에서 붉어진 얼굴을 하고 잠들어 있는 아이를 들여다보았다.

"병이 옮으면 어쩌려고 그러니."

아이 엄마가 너무 다가가지 말라고 말했다. 하지만 소녀는 개의치 않고 아이의 이마에 손을 올렸다.

"열이 높네요. 편도선도 부었어요……. 실례지만, 아드님이 열이 나기 시작한 건 언제부터인가요?"

"어? 그러니까…… 오늘 아침부터야. 그런데 어젯밤부터 몸 상태가 안 좋아 보이기는 했어. 아침에 되자 고열이 나서, 여기로 달려온 거란다."

"그 전에 기침을 하지는 않았나요? 아니면 그런 사람이 최근 가까이에 있었나요?"

소녀는 아이의 부모에게 질문을 해나갔다. 그 질문에 부모가 횡설수설 대답하자 소녀는 뒤에서 대기하고 있던, 조금 전 만난 치료사에게 뭔가를 건넸다.

"서둘러 해열제를 처방하는 편이 좋을 거예요. 고열이 계속되면 안 되니까요. 심하게 땀을 흘리고 있으니 탈수증상도 주의해야 해요. 기침을 하면 서둘러 개인실로 이동시키도록 지시해 주세요."

"알겠습니다."

소녀가 하는 말을 어찌 된 일인지 치료사가 듣고 있었다. 그 모습에 놀라 아이 부모가 멍하니 있었다. 소녀는 자신의 뒤쪽에 있던 귀족에게 말을 걸었다.

"아버지, 약을 주세요. 해열제랑 감기약이요."

"음, 이거면 되겠니?"

"네. 고맙습니다."

소녀가 청년을 아버지라고 부르자 부모는 깜짝 놀랐다. 청년의 나이는 매우 젊어 보였다. 때문에 열 살 가까운 아이가 있으리라고는 도저히 생각할 수 없었던 것이다.

그들의 놀람을 개의치 않고 소녀는 약이라고 칭한, 본 적도 없는 둥근 알갱이를 나이프로 깔끔하게 조각냈다.

"이 한 알이 어른용입니다. 어린아이에게는 이것을 3등분해서, 하루에 두 번, 12시간 간격으로 투약하면 돼요. 그럼 우선은 상태를 지켜보도록 해요."

"네."

"진통제에는 해열 작용도 있으니, 우선은 이걸 주세요. 식사를 한 후에 이쪽 약을 투약해주시고요. 다른 환자분 몫은 한꺼번에 로렌에게 받아주세요."

"공주님, 언제나 감사합니다."

부모는 소녀에게 공손하게 약을 넘겨받는 치료사의 모습에 놀라워했다.

"당신들은 매우 운이 좋군요. 공주님이 직접 진찰해주시다니."

"저, 저기…… 공주님이라니요?"

부모가 왕족의 일원인가 싶어 머뭇머뭇 묻자 소녀는 얼굴을 붉히며 반론했다.

"전 공주님이 아니에요!"

소녀가 토라져서 화내고는 있지만, 부끄러워서 그런다는 것을 바로 알 수 있었다.

부모에게는 자식이 아들 하나밖에 없었다. 아이 엄마는 여자아이를 원하고 있는지라 그 얼굴은 귀엽고 흐뭇하게 보였다.

"공주님은 치료의 공주님이라고 불리신답니다."

"정말! 그렇게 부르지 말아달라고 했는데!"

소녀는 투덜투덜 화내면서 치료사의 어깨를 토닥토닥 때렸다.

그런 소녀에게 치료사가 웃으면서 죄송하다고 사과했다. 아이의 부모는 미소가 절로 배어 나오는 광경에 독기가 완전히 빠진 듯, 조금 전까지 의심하고 있던 것을 잊어버렸다.

"자녀분은 감기에 걸린 것 같습니다. 이틀에서 사흘 정도, 일단 상태를 지켜보기로 하죠."

"아, 네……."

소녀는 그렇게 말하고 일행과 함께 방을 나섰다. 부모는 멍하니 뒷모습을 바라보았다.

"저 키가 크신 분은 반크라이프트가의 당주이신 사우벨 님입니다. 다른 곳에서 온 분은 놀라실 겁니다."

치료사가 하하하 하고 웃으며 말하자 부모는 화들짝 놀랐다.

반크라이프트가는 귀족 중에서도 왕족에 가까운 작위를 가진 공작가다. 또한 이 나라에서는 유명한 영웅 로벨의 본가였다.

"영웅과 공주님을 만나다니, 정말로 운이 좋으시네요."

치료사의 이어진 말에 부모는 정신을 차릴 수가 없었다.

*

그 이후로 한 달이 지났다. 상인은 텐바르 왕국의 뒷골목 근처 숙소에서 사전에 연락을 했던 남자와 만났다.

그는 어두컴컴한 방 안에서 후드를 뒤집어쓴 남자에게 보고했다.

"그때 받은 약을 먹였더니 병이 사흘 정도 만에 나았다는 건가?"

"그렇습니다! 다음 날에는 아들의 열이 완전히 내렸지 뭡니까!! 정말로 깜짝 놀랐습니다. 정령의 가호를 받은 약이라는 소문은 정말인가 봅니다."

그 상인은 너무나도 훌륭한 약의 효과에 장사 상품으로 취급할 수 있을지 교섭을 한 모양이었다.

"공주님이 가져다주시는 약으로 장사라고?"

그 직후 치료사의 태도가 완전히 달라졌다. 그 모습에 허둥지둥 농담이라고 둘러댔다.

"주변에도 이야기를 들어보았습니다만, 다른 곳에서는 반크라이프트가 고용한 실력 좋은 치료사가 있다는 소문이었습니다. 공주님이 그 치료사를 발견했다던가 뭐라던가……. 전부 소문이지만 말이죠. 치료사들은 사정을 아는 것처럼 보였지만, 단결력이 강해 좀처럼 입을 열지 않더군요."

"……흐음."

"마법으로 치료를 할 수 있는 정령과 계약한 정령 마법사일 거라고 예상했었는데, 아무래도 약사였나 봅니다."

"……그런가. 그런데 그 소녀의 용모는?"

상인은 남자에게 상세하게 보고했다.

*

반크라이프트령에서 기적의 약, 신의 약이라는 것이 유행하고 있다는 소문을 들은 궁정 치료사 남자가 있었다.

남자는 한숨을 내쉬면서도 소문의 진상을 확인해야만 하는 사정이 있었다. 하지만 이런 식으로 소문이 도는 약은 수상쩍은 것이 대부분이었다.

하지만 조사하면 할수록 신뢰성이 높아져 갔다. 이것은 대체 어떻게 된 일인지 믿을 수가 없어졌다.

"설마 정말로……?"

신출내기 치료사인 자신의 요청이 받아들여질 것이라고는 전혀 생각하지 않았다. 하지만 밑져야 본전이라는 심정으로 약을 조사하기 위한 탄원서를 제출했다가 생각지도 않게 폐하의 호출을 받게 되었다.

남자의 눈앞에는 이 나라의 왕이 그를 감정하듯이 보고 있었다.

왕이 싱글싱글 웃고 있어서 기분이 좋은 듯 보여도 남자는 떨림이 멈추지 않았다.

폐하를 앞에 둔 긴장 때문이 아니었다. 이유는 공포에 가까웠다.

"자네의 탄원서를 읽었네."

라비스엘이 웃으면서 탄원서를 가리켰다. 대답을 하려 했지만 거의 알아들을 수 없을 만큼 작았다.

식은땀이 흘렀다. 다시는 없을 기회이건만, 어째서 이렇게나 두려운 마음이 드는 걸까?

"분명 신경이 쓰이는 약이야. 하지만 어째서 자네 같은 자가?"

"바, 발언을 허락해주……."

"아니, 됐네. 조사했으니까."

물어봐 놓고 태연하게 발언을 허락하지 않는다. 발언할 틈조차 주지 않았다. 남자는 젊지만 거친 풍파를 겪어온 경험은 많아서 바로 이해했다. 폐하는 웃고 있지만 화내고 있다고.

남자가 탄원서를 제출한 것이 기분을 상하게 한 것이라면 어째서 상사가 호출하게 하지 않았을까? 어째서 폐하가 직접…… 이런 생각을 하며 곤혹스러워하고 있으려니, 정말 즐거운 듯한 목소리가 들려왔다.

"이 약을 원할 테지? 자네의 어머니를 위해."

"……발언을, 허락해주십시오."

"안 된다고 했는데 또 말하다니. 끈기가 대단하군. 그래, 허락해주지."

재미있다는 듯이 웃고 있는 라비스엘에게 남자는 마음을 다잡고 도전적인 시선을 보내며 말했다.

"이것은 제 욕심이 섞인 탄원서가 맞습니다. 하지만 정말 소문대로의 약이라면, 더욱이 이 나라에 있어 좋은 것이라고 생각합니다."

"호오?"

"이미 시중에서는 약을 구하기 위해 상인들이 기를 쓰고 있다고 합니다. 이에 뒤처진다면 우리 궁정 치료사의 체면에도 문제가 생길 겁니다!"

"흐응~."

"약은 다양한 곳에 쓰입니다. 이 약의 진상을 파악하지 못한다면 소문이 소문을 낳아 무슨 일이 일어날지 알 수 없습니다. 약이 사교(邪敎)에 쓰여 온 과거도 있습니다. 그렇다고 한다면 조기에 대처할 수 있습니다."

"반크라이프트령에 사교……."

남자는 재미있다는 듯이 키득키득 웃는 라비스엘의 모습에 기가 막혔다.

"무슨 일이 일어날지 모른다라……."

무언가를 생각하던 라비스엘이 갑자기 남자를 보며 밝은 목소리로 「좋다」라고 말했다.

"무슨, 아, 정……."

남자는 정말입니까! 하고 외칠 뻔하다 겨우 진정하고 등줄기를 곧게 폈다. 그 모습이 흐뭇해 보였는지 라비스엘은 부드러운 눈초리를 하고서 훗 하고 웃었다. 하지만 그것도 잠시였다. 금방 알 수 없게 되었다.

"첫 번째 이유는 자네가 그 나이에 정령 마법사이기도 하다는 점이다."

"……네?"

"나는 장래가 유망한 자를 좋아하거든."

라비스엘은 싱긋 웃고 있었지만, 반대로 해석하면 기대에 답하지 못할 경우에는…….

"그 영지는 우리 왕가에 있어서도 특별한 곳이다. 그런고로 조사를 하려고 해도 조건이 붙지."

남자의 목이 꿀꺽하고 울렸다. 하지만 여기까지 와서 물러설 수는 없었다.

그리고 폐하가 이토록 두렵게 느껴지는지의 이유를 알 것 같은 기분이 들었다. 발을 들여서는 안 되는 영역에 한 발은커녕 온몸으로 뛰어들고 만 것이다.

하지만 자신은 어머니를 구할 것이다. 마음속으로 그렇게 다짐했다.

*

가디엘은 라비스엘에게 호출을 받고 집무실로 빠르게 향했다.

이제 곧 성인이 되는 가디엘은 나라의 제1 왕자로서 성인이 되면 곧바로 왕의 직무를 돕도록 정해져 있었다.

아마도 그 문제일 거라고 생각하면서 가디엘은 마음을 다잡았다. 긴장한 태도로 근위병이 양옆에 서서 지키는 문을 노크했다.

들어오라는 목소리를 듣고 인사한 뒤, 방 안으로 걸음을 내디뎠다.

"부르셨습니까. 폐하."

"그래, 가디엘. 그쪽으로 앉거라."

가디엘이 예를 갖추고 마주 놓인 소파에 앉았다. 라비스엘은 맞은편에서 싱긋 웃었다.

"바로 본론으로 들어가마. 최근 반크라이프트가의 아가씨와 만나고 있느냐?"

가디엘은 순간 엘렌을 말하는 것인가 생각했다. 하지만 그 일이 있은 후 단 한 번도 만난 적이 없었다. 이내 라필리아를 두고 묻는 것이라는 사실을 깨달았지만, 어째서 그런 질문을 하는가 싶어 고개를 갸웃거렸다.

"……아뇨, 요즘은 별로 만나지 못했습니다. 편지를 주고받는 수가 많습니다. 직접 만난 것은 라스엘과 함께 두 달 전에 본 것이 마지막입니다."

"두 달 전이라……. 그래, 그때 무언가 소문을 듣지는 못했느냐?"

"어떤 소문 말씀입니까?"

"아무래도 최근 반크라이프트가는 실력 좋은 약사를 고용한 모양이더구나."

"약사……. 아니요, 들은 적이 없습니다."

"그런가. 그나저나 너희는 아직 정령 공주님과 만나고 싶은 것이냐?"

가디엘은 라비스엘의 말에 어깨를 움찔 떨었다. 형제가 함께 맹세한 비석 앞에서의 보고는 매년 거르지 않고 있었다.

"물론입니다."

한 번이라도 만나고 싶다. 만나서 사죄하고 싶다. 똑바로 마주하고 이야기를 하고 싶다.

오래 전 한 번 본 소녀의 모습이 뇌리에 새겨져 사라지지 않았다. 이 마음이 어떤 이름의 감정인지는 알고 있었다.

하지만 가디엘은 왜 그 소녀의 이야기가 나온 것인지 의아한 마음에 미간을 좁혔다.

"그 약사를 고용한 것이 정령 공주님이라는 소문이 돌고 있다."

가디엘은 라비스엘의 말에 눈을 크게 떴다. 드디어 만날 수 있을지도 모른다.

기대로 가슴이 두근거리는 것을 막을 수가 없었다.

*

반크라이프트가에서는 정기적으로 가까운 이들만 모여 정례회를 갖는다. 집사인 로렌이 다른 조합의 정보를 취합하여 정리했다.

"치료 목적으로 영지에 체재하는 자가 지난달보다 30퍼센트 정도 늘었다고 합니다. 엘렌 님의 약에 관한 소문이 퍼지고 있습니다."

"30퍼센트는 많은데……."

사우벨은 로렌의 보고를 듣고 미간을 모았다. 치료 목적으로 체재하는 자가 느는 것은 상관없지만, 성가신 병을 영지로 가져오는 것은 곤란했다.

"그로 인해 약의 공급이 따라가지를 못하고 있습니다. 엘렌 님의 약을 두고 분쟁도 일어나고 있는 모양입니다."

고민스러운 문제였다. 엘렌의 약은 대량으로 생산하는 것도 가능하지만, 그랬다간 지금 이상으로 소문이 돌 것이다. 또 엘렌이 힘을 지나치게 사용했다간 쓰러질지도 몰라서 가족들이 조절을 시키고 있었다.

"그래, 그것 말인데. 지금까지는 진찰받은 순서대로 약을 주었지만, 분쟁을 일으키는 이들은 대체로 긴급을 요하는 자인가 보더군……."

사우벨은 왕국의 기사단을 통솔하는 단장이다. 그곳에서 경비대로서 각 영지에 파견된 기사들이 있었다. 분쟁의 중개와 문제를 일으킨 자의 단속을 위해 자주 불려 다니는 모양인지, 그들을 통한 보고도 사우벨이 받고 있었다.

엘렌은 보고를 듣고 으음 하고 미간을 좁혔다.

"환자 분류가 필요할까요?"

엘렌의 말에 모두가 고개를 갸웃거렸다.

"환자 분류?"

"환자의 병세에 따라서 치료 순서를 정하는 거예요. 하지만 이건 다른 환자분들에게 양해를 구하는 것이 가장 중요해요."

지구에서 말하는 트리아지다.

"병에 대한 내성이 없는 어린아이와 임산부, 의식이 없는 환자 등을 우선하는 거죠. 부상의 경우에는 통증이 심한 분 등, 그런 분들이야말로 진통제가 필요할 테니까요."

"흐음. 일리 있군……."

사우벨이 엘렌의 말에 신음했다. 이 판단은 치료사에게 맡길 수밖에 없었다. 하지만 사전에 통지해두는 것으로도 쓸데없는 다툼은 줄지 않을까 해서 주장해 봤다.

"해결 방법을 곧바로 떠올리시다니, 엘렌 님은 정말로 박식하시군요. 할아범은 감동했습니다."

로렌이 흐뭇하게 미소 짓자 엘렌은 쑥스러워졌다.

그리고 동시에 면목이 없었다. 엘렌의 지식은 지구에서 지냈던 과거의 기억에서 비롯된 것이기 때문이다.

선인들이 만들어놓은 것을 가로채고 있는 기분이 들어서 침울해졌다.

"엘렌, 왜 그러니?"

로벨이 가장 먼저 엘렌의 침울한 감정을 깨닫고 얼굴을 들여다보았다.

엘렌은 생각에 빠져 있다가 퍼뜩 정신을 차렸다.

"아, 아뇨. 죄송해요. 생각을 좀 하고 있었어요."

"……엘렌. 우리는 엘렌 덕분에 매우 큰 도움을 받고 있단다. 미안하구나. 언제나 의지하기만 해서."

사우벨이 엘렌의 머리를 쓰다듬으며 사과했다.

그 말에 눈을 깜빡이면서 그렇지 않다고 부정했다.

"제 지식은 선인들의 것이에요. 제가 생각해낸 게 아니랍니다. 그런데 감사를 받으면 어쩐지 면목이 없어서……."

엘렌이 그렇게 말하자 로벨이 그런 것이었냐며 웃었다.

"엘렌, 전술과 기술은 선인의 지식이 반드시 필요하단다. 그걸 학습하고 필요할 때 사용해야만 선인도 편히 눈 감을 수 있을 거야. 학습도 하지 않고 실패를 반복하는 것보다 훨씬 의의 있어."

"……그러니까, 제가 선인의 지식을 기억하고 있는 덕분이라는 건가요?"

"그래. 학습한 것을 적절한 때 활용할 수 있는 인재는 그리 많지 않아. 엘렌은 자랑스러워해도 돼."

엘렌은 로벨의 말에 완전히 설득됐다. 놀라 눈을 깜짝이면서도 어쩐지 수긍이 갔다.

전생을 기억한다는 것은 이 세계에서 분명 의미가 있는 것이리라고 여겨졌다.

"……에헤헤."

엘렌이 순수하게 칭찬받은 것이 기뻐서 저도 모르게 쑥스러워하자, 모두가 흐뭇한 표정으로 그 모습을 지켜보았다.

"아—! 역시 내 딸 최고!!"

"뀨우우."

로벨은 엘렌을 끌어안고 머리를 꾹꾹 부벼댔다. 엘렌이 압박당해 버둥거리고 있자, 사우벨이 「거기까지하세요」라면서 제지해주었다.

"아버지, 성가셔."

"뭐라고?!"

구조를 받은 엘렌이 사우벨의 옷자락을 꼭 잡으면서 말했다. 그러자 로벨이 쿠웅 하고 좌절했다.

"형님은 엘렌을 너무 귀찮게 하십니다."

"뭐어어?! 사우벨 너한테 그런 말은 듣고 싶지 않다! 너는 네 딸에게 너무 무관심하잖아!!"

"윽."

엘렌은 깜짝 놀랐다. 사우벨은 이렇게나 다정한데 라필리아에게 무관심하다니 믿을 수 없었다.

"……제 딸은 반항기입니다."

"그러니까 무관심하니까 삐진 거잖아?"

"형님이 뭘 아신다는 겁니까."

형제 싸움이 시작됐다. 엘렌은 어찌하면 좋을지 몰라 지켜보았다. 그런데 로벨과 사우벨이 갑자기 이쪽을 휙 돌아보면서 동시에 외쳤다.

"엘렌도 그렇게 생각하지?!"

엘렌은 동시에 말하는 두 사람의 모습을 보고 갑자기 냉정해졌다. 양쪽 다 똑같았다.

"할아범."

엘렌은 다다닷 하고 로렌에게 달려갔다. 로렌은 기쁜 듯이 양팔을 벌려 엘렌을 맞아주었다.

"엘렌 님은 제 쪽이 더 좋으신 모양입니다."

로렌의 의기양양해서 빙긋 웃는 모습이 귀여웠다.

그러자 뒤에서 또다시 로벨과 사우벨의 목소리가 「어째서?!」라며 하모니를 이루었다.

"이야기가 옆길로 샜습니다만, 사실은 영지 내의 치안이 불안정합니다. 병으로 여유를 잃은 자들이 많습니다."

"아…… 역시 그런가."

그로 인해 발생하는 문제에 관해 골머리를 썩이고 있는 모양이었다. 엘렌이 무슨 문제일까? 생각을 하고 있으려니 모두가 이쪽을 보고 있었다. 엘렌은 깜짝 놀랐다.

"왜, 왜 그러시나요……?"

"엘렌은 총명하지만, 자신의 일에는 정말로 둔하구나……."

"어쩔 수 없습니다. 오히려 이 나이에 그렇게까지 주변에 마음을 쓸 수 있는 쪽이 특별한 거지요."

"그것도 그런가."

두 사람끼리 납득하고 있었다. 엘렌은 대체 무슨 이야기인가 싶어서 고개를 갸웃거렸다. 사우벨은 로렌에게 그 녀석을 부르라고 명령했다.

엘렌은 로렌이 알았습니다 하며 방을 나서는 뒷모습을 지켜봤다. 그러자 로벨이 곤란한 얼굴을 했다.

"……역시 그 녀석을 부르는 건가."

"그렇게나 이야기를 나누지 않았습니까? 아직 신용 못하시는 겁니까?"

엘렌의 머리 위에 물음표가 여럿 떠올랐다.

"아니, 인간이라는 게 문제란 말이지."

"무슨 말씀인가요?"

방금 전부터 오가는 말의 뜻을 전혀 알 수가 없었다. 엘렌이 이제 그만 가르쳐달라고 재촉하자, 로벨은 한숨을 내쉬었다.

"엘렌, 영지 안에서 약을 두고 다툼이 일어났잖니? 게다가 소문이 돌고 있단다. 반크라이프트가의 작은 공주님이 약을 나눠주고 있다는 소문이."

그 말을 듣고 엘렌은 창백해졌다.

"엘렌을 발견하는 대로 약이 필요한 사람들이 밀려들 테지. 그중에는 좋지 않은 자들도 있을 거다. 약을 팔아달라는 상인들도 밀려들고 있다는 보고도 들어와 있단다."

"저기, 그러니까, 조금 전 부르러 간 인물이라는 건……."

"엘렌의 호위란다."

로벨이 그렇게 말한 순간 문 너머에서 데려왔습니다 하는 목소리가 들리고 로렌이 나타났다.

엘렌은 그 뒤에서 인사를 하고 들어오는 소년을 보며 누구일까 싶어서 고개를 갸웃거렸다. 한 번도 만난 적 없는 인물이었다. 사우벨이 소년에게 자기소개를 하라고 재촉했다.

"처음 뵙겠습니다. 엘렌 님. 저는 카이라고 합니다."

"처음 뵙겠어요. 엘렌이라고 합니다."

엘렌이 신사의 예에 숙녀의 예로 답했다. 그러자 카이는 이쪽을 똑바로 빤히 바라보았다.

그 시선에 조금 당황하고 있자 사우벨이 쓴웃음을 지었다.

"카이는 올해로 열세 살이다. 알베르트의 아들이지."

엘렌은 그 말에 눈을 동그랗게 뜨고서 카이를 빤히 보았다.

카이는 알베르트와는 별로 닮지 않았다. 아무래도 엄마를 닮은 것 같았다. 짧고 검은 머리카락에 또렷한 눈매를 하고 있었다.

열세 살인데도 이미 홀로 선 듯한 듬직함이 배어 나왔다. 몸은 다부졌고 키는 평균보다 컸다. 체격이 좋은 것은 아버지를 닮았는지도 모른다.

"엘렌 님, 아버지에게 이야기는 들었습니다. 그때는 아버지를 구해주셔서 진심으로 고맙습니다."

카이가 고개를 숙이자 엘렌이 허둥지둥하며 당황했다.

"성심성의를 다해, 당신을 지키겠습니다!!"

카이는 키가 크다. 무릎을 꿇고 신하의 예를 취하면서 오른손을 가슴에 대며 그렇게 선언했다.

무릎을 꿇었는데도 그 시선은 엘렌보다 높은 곳에 있었다.

"저기……."

엘렌이 완전히 결정된 일이냐며 로벨을 올려다 보았다. 로벨 역시 부정적인 마음인지 한숨을 내쉬었다.

"나는 카이에게 불만이 없어. 하지만 이 상황을 받아들일 수 없는 사람이 있어서 말이지……."

로벨의 말에 주변 사람들은 궁금해했다.

"엘렌은 정령이기도 해. 다른 정령이 잠자코 있을 리 없잖아."

로벨은 이렇게 말하며 한숨을 내쉬었다. 엘렌은 그것이 누구인지 깨달았다.

"아, 혹시."

"그래. 그 혹시란다. 이 자리에 부르지 않으면 나중에 시끄러워질 테니 부르마. 어이, 듣고 있지?!"

로벨이 허공을 향해 말하자 그곳에서 커다란 백호가 뛰어 내려왔다.

"어머나?!"

이자벨라가 감자코 지켜보고 있다가 갑자기 나타난 짐승의 모습에 비명을 질렀다.

"혀, 형님?!"

사우벨이 허리에 찬 검에 반사적으로 손을 뻗었다. 그러자 로벨이 사이에 서서 슬쩍 가로막았다.

"괜찮다. 반, 자기소개를 하거라."

"나는 바람의 대정령의 아들, 반이다."

짐승이 말을 했다. 그 사실에도 놀란 사람들은 그저 아연실색할 뿐이었다.

그때 엘렌이 반의 목덜미에 폴짝~ 하고 매달렸다.

"폭신폭신!!"

엘렌이 반의 털에 파묻혀 뺨을 비비자 로벨 이외의 모두가 넋을 잃었다.

"후훗. 공주님, 어떻습니까? 방금 목욕했습니다."

"좋은 냄새야~!"

희미한 꽃향기를 풍기는 반의 털에 얼굴을 묻고 킁킁 냄새를 맡고 있자, 카이가 퍼뜩 제정신을 차리고 「엘렌 님!」 하고 외쳤다.

"괜찮아~! 반 군은 착한 아이야."

반은 정령계에서 수경을 통해 이곳에서의 대화를 전부 보고 듣고 있었는지, 카이를 향해 흥 하고 코웃음을 쳤다.

"애송이가 감히 공주님을 지키겠다고? 가소롭군."

로벨이 빠직빠직 불꽃을 튀기는 반과 카이를 보고 웃음을 터뜨렸다.

"그런고로 정령 쪽에서도 엘렌의 호위를 제시하지. 반은 바람을 자유자재로 다룬다. 소리에 민감해서 바람에 떠도는 소문을 들을 수 있을 만큼 귀도 밝아. 요긴할 거다."

"아니, 하지만 형님…… 이런 커다란 짐승이라니. 마을에서 소동이 벌어지지 않겠습니까?"

"무슨 소리냐. 엘렌은 내 딸이야. 정령이라고 말하면 그만이다."

로벨이 가슴을 펴며 당당하게 말했다. 그러자 주변에서 그렇게 잘 풀리겠느냐며 단호하게 부정했다.

"로벨 님, 문제없습니다. 저는 이미 인간의 모습으로 변할 수 있게 되었습니다. 그러니."

그렇게 말한 반의 모습이 순식간에 사람 모습으로 바뀌었다.

엘렌이 놀라 눈을 동그랗게 떴다. 그곳에는 반의 아버지인 빈트와 꼭 닮은, 아들이라기보다 동생이라고 말하는 편이 믿길 법한 청년이 서 있었다.

나이는 열일곱 살 정도로 보였다. 푸른 눈과 호랑이의 모습일 때와 마찬가지로 광택을 발하는 하얀 머리카락을 하고 있었다. 반의 옆 머리카락은 삐죽 뻗어 있고 짧았다. 다만 뒷머리카락은 어깨뼈 부근까지 닿았다. 지구의 울프컷이라는 머리 모양이었다.

엘렌은 호랑이인데 울프컷?! 하고 무심코 뿜을 뻔했다.

"……안 어울리나요?"

엘렌의 그 반응에 반이 시무룩해지자 허둥지둥 아니라고 웃어 보였다.

"멋있어! 벌써 인간의 모습이 될 수 있다니, 반 군 대단해!"

직접적으로 칭찬하자 반의 얼굴이 붉어졌다.

"그렇지요? 저는 멋있고 대단합니다!!"

반은 이겼다는 듯이 카이를 향해 빙긋 웃어 보였다.

정령의 인간형은 얼굴이 매우 단정하다는 것이 공통점이었다. 카이는 인정할 수밖에 없는지 우으으 하고 신음했다.

하지만 카이와 반이 엘렌을 사이에 두고 있는 상황을 마음에 들어 하지 않는 사람이 있었다.

"어이……. 이 상황은 대체 뭐지?"

"엘렌의 호위 자리를 두고 다투는 구도로군요."

로벨이 갑자기 반과 카이를 보면서 미간을 찌푸리고 그런 말을 했다.

그 말에 사우벨이 냉정하게 답했다. 하지만 로벨이 그런 의미가

아니었다는 듯 다급하게 소리쳤다.

"어이, 너희들! 엘렌에게 접근하지 마!!"

엘렌이 갑자기 무슨 말을 하는 것이지 하고 의아한 표정을 지었다. 호위 운운하며 반을 부른 것은 로벨이 아닌가.

"호위라면 내가 하겠어! 내 딸은 시집보내지 않을 거라고!!"

로벨이 알아들을 수 없는 말을 하면서 엘렌을 꼭 끌어안았다.

엘렌은 그런 로벨에게 이 녀석 대체 무슨 소리를 하고 있는 거야? 라고 하는 듯한 시선을 보내면서 한마디 했다. 「아버지, 성가셔」라고.

*

지금부터 13년 전, 카이는 몬스터 템페스트와 같은 시기에 태어났다.

알베르트가 결혼한 지 얼마 안 되어 몬스터 템페스트가 발생했다. 토벌에 참가하게 된 알베르트는 주인은 물론이고, 아내와 그 배 속의 아이를 지키기 위해 반드시 살아 돌아오겠다고 맹세했다.

하지만 주인은 몬스터 템페스트의 최전선에 서게 되었다. 그 옆에 선 알베르트도 또한 돌아오는 것은 희망이 없다는 사실을 깨달았다.

『태어날 아이에게, 아버지의 얼굴을 보여 주거라…….』

알베르트는 상상 이상으로 절망적인 상황에서 자신이 몸을 던져 지켜야만 할 중요한 인물이자, 기사단을 이끄는 반크라이프트가의 당주에게 보호받고 피를 흘리게 하고 말았다.

당주의 마지막 말을 이자벨라에게 전하자, 그녀는 눈물을 흘리면서 웃었다. 「그 사람답군요」 하고. 그 말에 얼마나 구원을 받은 걸까.

당주만이 아니라 로벨도 몬스터 템페스트에서 힘이 다해 쓰러졌고, 반크라이프트가로 함께 돌아오지 못하게 되었다.

생사불명인 채 정령계로 옮겨져 돌아오지 않는 주인을 10년 동안 기다렸다. 살아남은 알베르트로서는 너무나도 긴 세월이었다.

남겨진 알베르트는 이 가문을 지켜야만 한다는 생각에 사로잡혔다.

당주를 지키지 못했던 알베르트는 그때의 원통함을 잊지 못했다. 지금 이렇게 가족과 함께할 수 있는 것도, 이렇게 행복하게 지낼 수 있는 것도 전부 반크라이프트가 덕분이다.

그때 도움이 되지 못했지만, 이번에는 무슨 일이 있어도 도움이 되고 말겠다는 마음으로 발을 잘못 내디딜 뻔했다. 그것이 3년 전에 엘렌에게 도움을 받았던 그 사건이었다.

눈앞의 일과 원한에 사로잡혀 소중한 것을 전부 잃을 뻔했다.

엘렌의 호위 이야기가 나오고, 그 역할을 알베르트의 아들에게 맡기고자 한다는 말을 들었을 때 알베르트는 결심했다.

지금 자신에게는 현 당주인 사우벨을 지킨다고 하는 역할이 있었다. 아들에게 그 역할을 맡긴다고 한다면 아버지인 자신의 마음도 이어받아 주길 바랐다.

"카이, 너에게 엘렌 님의 호위를 맡기고 싶다는 이야기가 들어왔다."

"엘렌 님······?"

"사정이 있어서 표면적으로는 나설 수 없지만, 로벨 님의 따님이시다. 라필리아 님과 같은 나이시지."

"로벨 님이라니, 그 영웅인······?"

"엘렌 님의 호위라는 것은 매우 명예로운 일이야. ······그리고 엘렌 님은 내 목숨을 구해주셨다."

"아, 아버지를요······?"

"카이, 지금부터 내가 하는 말을 들어줬으면 한다."

이번에야말로. 이 마음을 가슴에 담고, 부끄러움을 각오하고서 아들과 마주하고 이야기했다.

*

환자 분류에 관해 이야기하는 자리를 마련했다. 그래서 새롭게 정해진 사항을 치료사에게 전달하게 되었다.

그날은 사우벨과 그 호위인 알베르트, 로벨과 엘렌, 카이와 반이 마차에 올라 치료원으로 향했다.

"알베르트 아저씨는 결혼하셨었군요."

마차의 마부석 쪽에 난 자그마한 창문으로 엘렌은 고개를 쏙 내밀고 알베르트를 빤히 바라보았다. 그러자 말 고삐를 쥐고 있던 마부가 그 말을 듣고서 웃었다. 그 옆에 앉아 있는 알베르트는 머리를 긁적이며 살짝 의기소침해졌다.

"······독신으로 보이십니까?"

"으음, 그런 느낌이라기보다는 일만 하느라 여성에게는 관심을 두지 못한다고 할까."

마부와 사우벨이 엘렌의 이야기를 듣고 크게 웃었다. 마부가 정확하네! 하고 말하고 있었으니, 어떤 의미에서는 딱 맞춘 것이리라.

"알베르트 씨의 아내분은 아주 담이 아주 큰 분이거든요. 알베르트 씨는 꽉 잡혀 살고 있죠."

"이보게, 잠깐."

"사실이지 않습니까?"

아하핫 하고 웃는 마부에게 알베르트는 아무런 대꾸도 할 수 없는지 한숨만 내쉴 뿐이었다.

엘렌은 그 모습을 보면서 작은 창에 딱 달라붙어 호오호오 하고 흥미진진하게 이야기를 들었다.

"엘렌, 예의 바르게 굴어야지."

로벨이 엘렌을 번쩍 안아 들어 무릎 위에 앉혔다.

마차는 덜컹덜컹 불안정하게 흔들렸지만, 이렇게 무릎 위에 앉혀 주어 엉덩이가 아프지 않았다.

마차 안에 있는 것은 로벨과 엘렌, 그리고 사우벨과 카이였다.

반은 주변을 경계하며 마차 지붕 위에 모습을 감춘 채 자리 잡고 있었다.

바람으로 마차를 살며시 밀며 도와주고 있다는 것이 느껴졌다. 반은 다정한 아이라 말의 부담을 덜어주려 한 것이다.

로벨은 딸의 머리 위에 턱을 올려두고 있었다. 그리고 「그렇게 알베르트의 일이 신경 쓰이니?」 하고 불만스럽게 물었다.

그 후로 3년이 지났지만 로벨은 한 번 마음에 두면 오래 가는 성격이었다.

"그게."

당연히 신경 쓰인다고 마음이 소리쳤다.

그 완고한 알베르트를 꽉 잡고 산다니, 어느 정도로 배짱 있는 어머니인 것일까? 하며 망상이 마구 떠오르는 것이다.

"저기……. 어머니를 두고 그렇게 말씀하시면 조금 부끄럽습니다만."

카이도 아버지가 놀림당하는 것이 거북한 모양이었다.

"역시 알베르트 아저씨는 꽉 잡혀 살아?"

"네, 엄청요."

말실수를 한 카이는 바로 자신의 입을 손으로 가렸지만, 이미 늦었다. 엘렌은 활짝 웃었다.

"그렇구나. 하지만 알베르트 아저씨라면 그런 사람이 어울려!"

엘렌은 어떤 사람일까 상상의 나래를 펼쳤다. 꼭 한번 만나보고 싶다고 생각했다.

그런 생각을 하고 있다는 것이 아무래도 카이에게 전해진 모양이었다.

"다음에 집에 한번 오시겠습니까? 어머니를 소개해드리겠습니다."

"정말?! 만나보고 싶어~!"

그 말에 덥석 달려들자 엘렌을 안고 있던 로벨이 갑자기 딱 굳어졌다.

"어머니에게 엘렌을 소개하겠다고……?"

사고가 비약한 로벨이 기가 막힌다는 시선을 보내자 카이는 얼굴을 붉히며 허둥지둥 얼버무렸다.

"아, 아닙니다! 그런 의미가 아닙니다!!"

"너한테는 아직 일러!!"

바로 옆에서 외치는 바람에 엘렌의 귀가 찌잉 하고 울렸다. 아팠다.

"아버지, 시끄러워요."

"너무해!!"

로벨은 그런 말 하지 말라며 엘렌을 꼬옥 끌어안고 뺨을 비비적거렸다.

"……형님은 엘렌에게 꽉 잡히셨군요."

사우벨의 말이 마차 안에 울렸다.

로벨은 그 말을 듣고서 뺨을 문지르던 것을 딱 멈추었다. 무엇인가를 생각하고 있는 모양이었다.

"엘렌한테라면 꽉 잡혀도 괜찮으려나."

엘렌이 싱긋 웃는 로벨에게 말했다.

"어머니가 삐치실 거예요."

로벨은 그 말에 어깨를 움찔하며 곧바로 허공을 향해 「오리! 농담이야! 나를 꽉 잡아도 되는 건 오리뿐이야!!」라면서 필사적으로 외쳤다.

*

치료원에 도착하면 항상 치료사와 간호사가 모두 나와 맞아준다.

"마중을 나오는 건 원장이면 충분하다고 했는데……."

이러면 마치 대대적으로 영주가 왔다고 광고하고 다니는 꼴이었다.

특히 엘렌의 존재를 감추고 싶은 로벨 일행에게는 무척 곤란한 일이었다. 하지만 순수하게 존경하는 마음에 하는 행동이라 딱 잘라 거절하기도 어려웠다.

"오늘은 중요한 이야기가 있다. 어서 각자의 자리로 돌아가도록."

사우벨이 익숙하게 짝짝 손뼉을 치자 원장만 남기고 모두 인사를 하고 물러났다.

"죄송합니다."

"그만, 신경 쓰지 말게. 오늘은 중요한 이야기가 있네. 회의실을 빌리지."

"알겠습니다."

그리고 모두 방 안으로 들어갔다.

"공주님, 저는 주변을 살피고 오겠습니다."

엘렌은 갑자기 휙 모습을 드러낸 반에게 부탁할게 하고 답했다.

"무슨 일이 생기면 꼭 불러주십시오."

"응. 반 군도 조심해."

방긋 웃으며 답하자 반이 머리를 쓰다듬어주었다. 그리고 반은 모습을 감추었다.

카이는 조금 뒤에서 두 사람의 모습을 지켜보면서 미간에 주름을 잡고 있었다.

자신도 저렇게 신뢰하는 관계가 되고 싶다. 카이는 그런 결의를 다졌다.

*

영지의 한편에서 어느 남자들이 이야기를 하고 있었다.

그곳은 주변에 인적이 없는 어두컴컴한 뒷골목이었다.

"반크라이프트가에 소문의 약사가 있다는 건가?"

"글쎄 사람과의 접촉을 매우 싫어한다더군. 정령이 아닐까 하는 소문도 있었어."

"무슨 뜻이지?"

"소문의 약을 가져오는 것이 반크라이프트가의 공주님이라고 하는 정보는 이미 꼬리를 잡았어. 공주님과 계약한 정령이 약을 만들고 그걸 공주님에게 넘기는 것이 아닐까 하는 이야기야."

"……."

그 소문의 신뢰성은 매우 높았다.

그 가문에는 대정령과 계약을 했던 영웅이 있다. 혈통적으로 보았을 때 그럴 가능성이 있다고 해도 이상하지 않았다.

"그렇다는 건, 그 정령에게 말을 듣게 하려면 공주님이 필요하다는 건가?"

"……그렇게 되지."

"하지만 어떻게 하지? 반크라이프트가는 어떤 의미에서 요새에 가깝다 했어. 그곳의 메이드들도 무예에 뛰어나다고 들었는데."

"아니, 괜찮아. 그곳의 공주님은 약을 손수 치료원에 전달하고 있거든. 운반하기 위해서 마을로 오간다고 하니까……."

웃으며 남자가 보고하자, 그 말을 듣고 다른 남자도 히죽 웃었다.

제7화 왕가의 편지

라필리아는 가정교사가 내준 숙제를 하고 있었다. 메이드는 눈에 익은 봉랍이 된 편지를 내밀었다. 가디엘이 보낸 것이었다.

"가디엘이? 무슨 일이지?"

"……아가씨, 전하의 이름을 함부로 부르는 건."

"시끄러워. 전하라고 하면 라스엘이랑 겹치잖아? 친구니까 괜찮아. 나, 가디엘이랑 라스엘한테 허락받았어. 괜히 참견하지 말아줄래?"

라필리아는 흥 하며 메이드의 충고를 무시하고 기쁜 듯이 편지를 끌어안았다.

그리고 메이드를 쫓아내고 페이퍼 나이프로 편지를 뜯었다.

라필리아는 편지에 쓰여 있는 내용에 눈을 크게 떴다. 그리고 뺨을 붉혔다.

"어, 어떡하지……. 뭘 입고 가는 게 좋을까."

라필리아는 방에는 혼자밖에 없는데도 침착함을 잃고 두리번거리면서 주변을 둘러보았다.

머릿속으로 갖고 있는 옷 종류를 떠올리고, 귀엽게 차려입을 생각에 마음이 급해졌다.

"안 돼. 몰래 빠져나가야 하니까……."

평범한 동네 여자아이 같으면서도 귀여운 복장.

라필리아는 편지를 끌어안고서 앞으로의 일어날 일에 설레여 했다.

반은 바람의 흐름에서 어떤 소리를 잡았다. 귀가 움찔하고 움직였다.

그 방향은 시내에서 벗어난 어딘가. 반은 눈을 가늘게 뜨고 귀를 쫑긋 기울였다.

잠시 후 미간에 주름을 잡은 반은 무언가를 생각하기 시작했다.

그리고 다음 순간 돌풍이 불었다. 반은 그 바람에 몸을 맡기고 모습을 감추었다.

*

반크라이프트령에 들어선 가디엘 일행은 영지의 사람들에게 들키지 않기 위해 변장을 하고 있었다.

가디엘을 필두로 종자인 라베, 트루크, 포겔이 호위로서 따르고 있었다.

세 사람은 언제나 가디엘을 따르는 자들이지만, 이번에는 거기에 더해 궁정 치료사인 흄이라는 남자가 있었다.

흄은 가디엘과 같은 나이로 올해 성인이 된 남자다. 그러나 그 외모는 나이보다 조금 어리게 보였다.

옅은 갈색 머리카락은 복슬복슬 부드러워 보여서 그의 어린 얼굴과 어우러져 얼핏 아주 상냥한 느낌을 주었다.

하지만 그의 입이 열리면 그 인상은 순식간에 무너지고, 자신의 귀를 의심할 정도의 독설을 듣게 됐다.

가디엘의 동생인 라스엘과 같은 나이로 보인다고 흄에게 말하면 차가운 눈을 하리라는 것은 뻔했다. 아무래도 어려 보이는 생김새를 본인도 신경 쓰고 있는 모양이다.

하지만 그 재능을 인정받은 흄은 열한 살 무렵부터 궁정 치료사의 제자로 들어와 작년에 독립을 이뤄냈다. 아주 우수하다는 것만큼은 틀림없는 사실이었다. 하지만 어릴 때부터 어른들에 둘러싸여 지낸 탓인지 성격이 매우 삐뚤어져 있었다.

그리고 무엇보다 흄은 정령과 계약을 한 정령 마법사이기도 했다.

"가디엘 님, 너무 가까이 오지 말아주시겠습니까?"

그 말은 즉 가디엘과 흄은 언제나 상성이 맞지 않았다.

가디엘은 흄의 말에 울컥했지만, 순순히 따랐다. 정령이 원인이라는 것을 알기 때문이었다.

"흄 님! 전하께 무슨 말버릇입니까!!"

"어쩔 수 없지 않습니까. 제 정령이 전하께 겁을 먹고 있습니다."

"……됐네, 트루크. 사실이니까."

가디엘은 왕가에 걸린 저주의 진상을 알고 놀랐었다. 선조의 행동 탓에 왕가는 정령에게 크게 미움을 받는 것을 넘어서 원한까지 사고 있었다.

저주의 힘에 영향을 받아 정령이 제정신을 잃는다고 주변에도 알려졌다.

그 사실을 안 궁정의 정령 마법사들은 순식간에 왕가를 혐오하게 되었다. 자신들이 계약한 정령들의 기분을 상하게 할 수도 있는 존재였기 때문이다.

정령 마법사를 잃을 수는 없었다. 때문에 왕가의 사람들은 정령 마법사들에게 접근하는 것을 스스로 자제했다.

하지만 이번 반크라이프트가의 약 문제는 그럴 수가 없었다.

반크라이프트가의 작은 정령 공주가 나눠주는 약은 아무래도 정령이 만든 약이라는 설이 파다했기 때문이다.

"공작가의 공주님이 나눠주는 약이 정령이 만든 것인지 어떤지, 제 정령이 조사해야만 하는 상황입니다. 전하 탓에 겁을 먹고 일을 할 수 없게 되면 어쩌실 셈입니까?"

흄은 종자를 향해 그런 것도 모르냐는 듯이 한숨을 내쉬었다.

엘렌의 약이 어떤 것인지 조사하려면 전문가가 필요하다. 그것을 위해 뽑힌 것이 바로 궁정 치료사인 흄이었다.

"그나저나, 이 영지…… 병든 사람들로 넘쳐나는군요."

흄이 진심으로 싫은 듯이 말하자 종자들이 술렁거렸다.

"이런 곳에 전하를 보내시다니…… 대체 폐하는 무슨 생각이신지."

후드를 깊숙이 눌러쓴 가디엘은 종자에게 목소리를 낮추라고 주의를 주었다.

"포젤, 그만둬라. 지금의 나는 가디스다."

"아……. 죄송합니다."

전원이 후드를 깊게 눌러쓴 집단은 묘하게 눈에 띄었다. 사람들이 힐끔거리면서 지나쳐 가자 흄은 한숨을 내쉬었다.

"충분히 눈에 띄고 있습니다. 가디스 씨 이외에는 후드를 벗는 편이 낫지 않겠습니까?"

흄이 어깨를 으쓱이며 말했다. 그 모습에 종자들은 혀를 찼다.

가디엘은 티격태격하는 모습에 한숨을 내쉬었다.

"하지만 정말이지 터무니없군요."

갑작스레 흄이 이상하다는 듯 그리 말하자 모두 의아한 표정을 지었다.

"병이 퍼지지 않도록 바람의 정령이 상공에서 병을 끌어 올려서 정화하고 있어요……. 이 무슨 힘인지."

흄은 홀린 듯이 하늘을 올려다보았다.

가디엘 일행도 하늘을 바라보았지만 그곳에는 구름 한 점 없는 쾌청한 하늘이 펼쳐져 있을 뿐, 무언가를 보기는커녕 느끼지도 못했다.

흄의 눈에 비치는 세계는 가디엘 일행과는 다른 것이리라.

"내 정령이 경외하면서도 두려워하고 있어요. 이곳에는 바람의 상위 정령이 있는 모양입니다. 이건, 소문은 사실인 걸까?"

흄의 기쁜 듯한 말에 모두 눈을 크게 떴다. 그 말은 이 영지의 공주가 가져오는 약은 정령이 만든 것이라고 하는 소문의 신빙성을 높이는 것이나 다름없었다.

"뭐, 일단 정보 수집부터 할까요."

흄이 빠르게 숙소 쪽으로 걸어갔다. 종자들은 흄을 향해 기다리라고 소리쳤다.

가디엘은 흄의 말을 듣고, 속으로 역시 그랬구나 라는 생각을 했다.

'엘렌······.'

가디엘은 엘렌이 정령이라고 알고 있다.

약은 역시 엘렌이 만들고 있는 것인지도 모른다. 흄의 말에 신기하게도 확신이 생겼다.

'······흄에게 알리고 싶지 않아.'

이 생각이 이기적이라는 것은 알고 있다.

하지만 그 후로 가디엘은 한 번도 엘렌을 보지 못했다. 그런 중에 엘렌의 존재가 흄에게 알려지는 것을 받아들일 수 없었다.

흄에게 그녀의 존재가 알려지기 전에 자신이 먼저 만나고 싶다고 바랐다.

*

치료원 회의실에서 대화는 무난하게 진행되었다.

이곳에서 환자 분류라는 인식은 없었지만, 요점만을 전달하자 중병인 환자를 우선해야 한다는 이야기는 치료사 사이에서도 화제가 되었었다고 한다.

다만 자신이 먼저 치료원에 왔다고 주장하며 약을 요구하는 사람이 끊이지 않는 것이 현실이었다.

"모두 병에 걸린 탓에 여유가 없는 것일 테죠······."

엘렌의 눈썹이 축 늘어졌다. 주변 사람들도 엘렌의 마음이 이해되어 난처한 얼굴을 했다.

"내가 약을……!"

"엘렌, 안 돼. 그 점은 분명히 이야기했잖니?"

로벨이 타이르자 엘렌은 눈물이 날 것만 같았다.

도와줄 수 있는데 어째서 제한을 두어야만 하는 것인가.

다들 엘렌을 가장 중요하게 생각한다는 것은 알고 있었다. 하지만 이대로는 안 된다는 것도 알고 있었다.

대량으로 약을 만들고 수량에 여유가 있다는 것이 알려지면 어디선가 빼돌려질지도 몰랐다. 그렇게 되면 필요할 때 약이 부족해지거나, 구할 수 있는 목숨도 구할 수 없게 될지도 모른다.

게다가 타국에 엘렌의 존재가 알려지면 이 나라에 전쟁의 불꽃이 피어오르리라는 것은 안 봐도 뻔했다. 그것은 이미 들어서 알고 있었다. 그렇게 되면 이 나라는 환자는커녕 죽은 자들로 넘쳐나리라.

"사실은 환자에 순위 같은 건 매기고 싶지 않아요……."

모두를 도와주고 싶다. 도와주길 바란다. 그렇게 생각하고 있는 마음은 모두 같았다.

그 마음이 넘쳐흘러 눈에서 눈물이 뚝뚝 떨어졌다.

"아버지, 조금만…… 조금만 약의 양을 늘리면 안 될까요?"

"엘렌……."

로벨은 엘렌을 안아주며 머리를 쓰다듬었다.

"절대 무리하지 말 것. 엘렌이 아무리 약을 준비한다고 해도, 취급하는 양은 이쪽에서 정한다. ……알겠지?"

"……네."

엘렌이 코를 훌쩍이면서 로벨의 목에 꼭 매달렸다. 로벨은 다정하게 마주 안아주었다.

그때 갑자기 반이 모습을 드러냈다.

반에 관해 모르는 치료사들은 놀라 비명을 질렀다.

"이자는 정령이다. 놀라게 해서 미안하군. 반, 무슨 일이지?"

로벨의 말에 치료사들은 놀라 눈을 깜빡이면서도 금세 납득했다. 여, 역시 로벨 님이십니다! 하며 끊임없이 칭송의 말을 늘어놓으면서도, 그쪽에는 시선도 주지 않았다. 반은 로벨에게 귓속말을 했다.

엘렌은 로벨에게 안겨 있었던지라 자연스럽게 이야기를 듣게 되었다. 반의 말을 듣고 너무 놀라서 눈물이 멈추고 말았다.

"……라필리아가?"

로벨이 미간을 찌푸리며 중얼거렸다. 그 말에 사우벨이 반응했다.

"제 딸에게…… 무슨 일이 생긴 겁니까?"

순식간에 긴장된 분위기가 되었다.

로벨은 사우벨에게 여기서는 이야기할 수 없다는 한마디만을 전하고 치료사들에게 지시를 내렸다.

"환자 분류에 관해서는 추후에 다시 얘기를 전하지. 모두 해산해주게."

로벨의 말에 치료사들은 서로의 얼굴을 마주 보았다. 하지만 그 말은 절대적이었다. 들어서는 안 될 이야기라는 것을 바로 눈치챈 것 같았다.

치료사들을 해산시키자 실내에는 가까운 이들만 남았다. 로벨은 천천히 사우벨에게 말했다.

"사우벨, 침착하게 들어라."

"침착이고 뭐고, 제 딸에게 무슨 일이 생긴 겁니까?!"

"……추측이지만 엘렌이라고 오인해 납치된 모양이다."

사우벨은 평소에는 쉽게 동요하지 않는다. 그런데 지금은 한눈에 알 수 있을 만큼 새파래져서 헉 하고 신음했다.

로벨의 한마디에 한순간 평정을 잃었지만, 곧바로 심호흡을 하며 침착해졌다.

"……잠깐. 저택에서 나올 리 없는 라필리아가 어떻게 납치된 거지? 저택의 사람들은 무엇을 하고?"

반크라이프트가의 사용인은 전부 전투 훈련을 받은 무술 실력을 갖춘 자들이다.

게다가 지금은 대낮이다. 납치를 한 상대는 그 조건들을 모두 돌파했으니, 엄청난 존재라는 생각이 들자 냉정함을 되찾았다.

"내가 본 건 혼자서 저택을 나온 어린아이의 모습뿐이다. 함께하는 자는 아무도 없었다."

그 말에 다들 어떤 상황인지 몰라 당황했다. 로벨은 자세히 설명하라고 반을 재촉했다.

"내가 들은 건 약을 가진 공주를 납치하려고 하는 괘씸한 놈들이 목소리였다. 나는 뿌리째 뽑아버리기 위해 놈들의 뒤를 쫓았다. 근거지를 알고 싶었기 때문이다."

반은 당연하다는 듯이 말했다. 그 모습에 모두들 한순간 긴장이 풀린 듯 눈을 동그랗게 떴다.

로벨은 눈썹을 모았다. 이미 움직인 것인가. 그 말을 들은 엘렌은 무서워져서 아버지를 끌어안고 있던 손에 힘을 주었다. 로벨은 그 것을 깨닫고 달래듯이 마주 꼭 안아주었다. 다정하게 등을 쓸어주는 손길에 조금 안심이 됐다.

"처음에 놈들은 둘이었다. 하지만 도중에 한 사람이 합류했다. 저택 주변을 살피고 있었는데, 그때 어린아이가 혼자 뒤쪽으로 나왔다."

"설마……."

"아이는 마을로 향하던 중인 모양이었다. 그 직후에 납치되었지. 공주님이 납치된 게 아니니 방치할까 했지만, 공주님을 잡았다며 남자 놈들이 기뻐했다. 일단 로벨 님께 지시를 받기 위해 여기로 보고하러 왔다."

"어째서 구하지 않은 거지?! 아이가 납치되었단 말이다!!"

"나는 정령이다. 그리고 공주님의 호위다. 어째서 인간의 아이를 구해야만 하지? 공주님이 납치되었다면, 그 자리에서 인간을 갈기 갈기 찢어놓겠지만."

반이 당연하다는 듯이 내뱉었다. 사우벨은 자신의 분노를 어디로 보내면 좋을지 알 수 없게 된 듯 떨리는 주먹을 움켜쥐고 견디고 있었다.

"어째서 라필리아는 혼자 밖으로 나왔지? 아니, 나올 수 있기는 한가……? 그건 정말로 라필리아인가?"

"라필리아란 건 누구지? 내가 본 것은 어린아이기는 했지만, 인간 여자일 뿐이다."

"……저택에 심부름을 온 아이일지도 모른다. 일단 저택으로 돌아가 확인한다!"

사우벨은 서둘러 밖으로 나가 돌아가려 했다. 로벨은 그를 제지하고 저택이라면 전이로 바로 돌아갈 수 있으니 진정하라 말했다.

"알베르트와 카이는 마차로 저택으로 돌아오도록. 우리는 먼저 저택으로 돌아간다."

"기다려주십시오! 저희도 함께하게 해주십시오!"

"너희가 돌아올 때까지 행동은 자중한다. 먼저 라필리아가 있는지 확인할 뿐이다. 알았나?"

알베르트와 카이는 반론을 허락하지 않는 명령에 마지못해 고개를 끄덕였다.

"좋다. 그럼, 사우벨. 가자."

"네, 형님. 부탁드립니다."

로벨은 엘렌을 한 손으로 안고, 사우벨의 손을 잡은 채 순식간에 저택으로 돌아갔다.

"거기 누구! 누구 없느냐!!"

사우벨은 저택으로 돌아오자마자 소리쳤다. 로렌과 다른 메이드들이 허둥지둥 현관 쪽으로 달려왔다. 메이드들은 심상치 않은 모습에 겁을 먹은 듯 보였다.

"나리, 무슨 일이십니까?"

로렌은 초조해하는 사우벨을 보고 놀라 눈을 살짝 떴다.

"라필리아는 어디 있지?! 말해! 어디냐?!"

"나, 나리……. 아가씨라면 아가씨 방에서 공부를 하고 계셨습니다만……."

사우벨은 메이드의 말을 듣고 서둘러 라필리아의 방으로 달려갔다.

"라필리아! 어디 있느냐?! 라필리아!!"

방문을 벌컥 벌컥 열며 뛰어다녔다. 사우벨의 예사롭지 않은 모습에 다른 사람들도 문제가 발생한 것을 눈치챘다.

"너희도 흩어져서 아가씨를 찾도록 해라!"

"네, 네!!"

메이드들도 모두 여러 방들을 향해 달려갔다.

사람들이 무슨 일인가 싶어 모여들었다. 사용인들이 총동원되어 라필리아를 수색했지만, 아이의 모습은 찾을 수 없었다.

제8화 유괴

 사우벨은 머리를 끌어안고 이를 으득으득 갈고 있었다.

 분노를 억누르려고 노력하고 있었다. 아리아는 라필리아가 납치되었다는 소식을 듣고 쓰러졌다.

 방 안의 공기는 무거웠고, 사람들은 아무도 소리를 내지 못하고 있었다.

 함부로 움직여서는 안 된다. 움직이는 건 알베르트가 돌아온 다음이야. 로벨이 사우벨에게 일러주고 있었다. 그 사이에 정령들을 총동원하여 라필리아의 행방을 찾겠다고 약속했다.

 "수, 숙부님……. 죄송해요……."

 자신으로 착각해 라필리아가 납치되었다. 약 같은 건 만들지 않는 편이 나았던 것이 아니었을까. 후회만이 밀려들었다.

 엘렌이 부들부들 떨고 있자 사우벨은 퍼뜩 제정신을 차렸다.

 "아아……. 엘렌, 미안하구나……. 네 탓이 아니야. ……울지 말려무나."

 "우으……. 우으으……."

 엘렌은 눈물을 주룩주룩 흘렸다. 사우벨은 그런 엘렌을 꼭 안아주었다.

 "엘렌이 무사해서 다행이라고 생각하고 있단다. 엘렌이 만들어준

약으로 백성들은 목숨을 구하고 있어. 나쁜 건 엘렌, 네가 아니라 라필리아를 납치한 자들이야."

"하지만, 하지만… 제가 이런 약을 만들어서……."

"엘렌, 후회하지 마. 후회하지 말아주렴. 부탁이야……."

그렇지 않으면 라필리아가 납치되어버린 이유가 사라지고 말아. 사우벨이 자그맣게 중얼거렸다.

사우벨은 아기엘 때문에 온 힘을 다해 아내와 아이에게 상관하지 않으려고 해왔다. 그것은 아기엘의 폭력이 아리아와 라필리아에게 향하지 않게 하기 위함이었지만, 그 긴 시간 탓에 라필리아를 어찌 대하면 좋을지 알 수 없게 되었다.

최근에는 라필리아가 반항기라 더욱 갈피를 못 잡게 되었다. 그래서 아내를 믿고 전부 맡겨두었다. 그렇다고 해서 사우벨에게 라필리아에 대한 사랑이 없는 것은 아니었다.

막상 딸을 잃게 될지도 모른다는 생각이 들자, 순간 기사단장이나 되면서 냉정함을 되찾지 못할 만큼 당황했다.

사우벨은 자신 안에서 빙글빙글 소용돌이치는 후회의 감정에 당혹스러웠다.

"죄송해요……. 죄송해요, 숙부님……."

엘렌은 사우벨의 품속에서 소리 내 울었다.

엘렌과 라필리아를 겹쳐 보게 된다. 어째서 더 일찍 라필리아에게 이렇게 해주지 못했던 것일까.

마침 그때 메이드가 이야기하고 싶은 것이 있다고 양해를 구해

왔다.

"뭐냐? 무슨 일이지?"

로벨의 재촉에 메이드는 마음을 정한 듯 말을 꺼냈다.

"아가씨가 사라지시기 직전의 일입니다만……. 아가씨 앞으로 가디엘 왕자님이 보내신 편지가 왔었습니다……."

사우벨도 엘렌도 그 말을 듣고 고개를 들고서 메이드를 응시했다. 로벨은 의아하다는 표정으로 메이드에게 물었다.

"어째서 전하가 라필리아에게 편지를 보냈지?"

"아가씨와 전하는 놀이 상대로 3년 정도 전부터 자주 만나고 계십니다. 최근에는 전하가 저택에 오시는 것보다 편지를 주고받는 일이 많아졌습니다……."

"설마……. 라필리아를 납치한 게 전하란 말인가?"

"잠깐. 엘렌의 약을 노리고 있는 것이 왕가였나?"

반크라이프트가와 왕가의 불화는 간단히 설명할 수 없었다.

하지만 이것은 좋지 않은 수다. 반크라이프트가의 약이 욕심나서 이러한 수단을 취할 거라고는 생각할 수는 없었다.

"……전하께 불려 나간 때를 노린 걸까요?"

엘렌의 말에 로벨이 수긍했다.

"어째서 불러낸 것인지는 알 수 없지만, 그럴 가능성이 높겠구나……. 어이, 반!"

로벨이 상공을 향해서 소리치자, 반이 순식간에 모습을 드러냈다.

"네."

"풍문으로 전하라는 단어를 듣지 못했나?"

"아, 녀석들이라면 뭔가 살금살금 냄새를 맡고 다니는 것 같더군요."

반의 말에 주변이 술렁거렸다.

"있는 건가? 영지 안에?"

"있습니다. 공주님의 약을 조사한다는 말을 했습니다."

반은 로벨에게 지시받은 특정 단어를 바람에 띄워 분류해 듣고 있었다.

「반크라이프트」, 「공주」, 「약」 엘렌과 관계있을 법한 말을 포착해 확인했던 것이다.

반의 말에 사우벨이 단숨에 활기차 쳐서 소리쳤다.

"어디냐?! 어디 있지?! 안내해라!!"

반은 사우벨의 기세에 놀랐는지, 한순간이었지만 눈동자의 동공이 세로로 길어졌다. 그리고 머리와 등 뒤에서 귀와 꼬리가 나타난 뒤 털이 확 섰다. 엘렌은 그 모습을 놓치지 않고 보았다.

*

가디엘 일행은 숙소에서 모아 온 정보를 정리하고 있었다. 그런데 아래에서 들려오는 화난 목소리에 미간을 모았다.

"……뭐지?"

"아래에서 싸움이라도 난 걸까요?"

호위들이 말했다. 그중 한 명인 트루크가 확인하려고 문 쪽으로 향하던 그때였다.

문이 쾅!! 하는 격렬한 소리와 함께 발길에 차여 부서졌다.

날아온 문을 트루크가 순식간에 검을 뽑아 둘로 베어 갈랐다. 다른 자들도 순간적으로 가디엘을 등 뒤로 감싸며 검을 뽑았다.

가디엘과 흄만이 갑작스러운 일에 놀라고 있었다.

트루크가 베어 가른 문 사이로 습격해 온 상대를 보았다.

반크라이프트가의 영주가 분노한 표정으로 노려보며 살기를 감추려 하지 않고 있었다. 트루크는 눈을 부릅떴다.

"……반크라이프트 영주가 이러한 행패라니."

"닥쳐라. 내 딸을 유괴했지? 내놔라. 지금 당장 돌려줘!!"

사우벨의 격노한 모습에 가디엘 일행은 미심쩍은 표정을 지었다.

"……딸? 유괴라고……? 라필리아 말인가?"

가디엘이 물었다.

"모른 척할 셈인가!!"

화가 난 사우벨이 검을 뽑았다. 분위기가 단숨에 긴박해졌다. 그때였다.

"숙부님, 안 돼요―――!!"

전이한 엘렌이 필사적으로 사우벨에게 매달려 그를 막았다.

"여기에 라필리아는 없어요. 정령들이 확인했어요. 그러니까 진정하세요!!"

엘렌이 사우벨의 목에 꼭 매달렸다. 사우벨은 눈을 이리저리 굴리면서 동요했다.

"······없다고? 여기에 라필리아가 없어?"

사우벨은 단숨에 힘이 빠져서 그 자리에 무릎을 꿇었다. 숙부님, 숙부님 정신 차리세요. 엘렌이 애타게 말을 걸었다.

그러던 그때, 엘렌의 등 뒤에서 놀란 목소리가 들려왔다.

"······엘렌? 엘렌이야?"

귀에 익은 목소리였다.

비석 뒤쪽에서 줄곧 들었던 목소리.

그 목소리로 줄곧 만나고 싶다고 말했었다. 사과하고 싶다고 말했었다. 한 번만 만나고 싶다고, 딱 한 번이어도 좋다고.

애원하는 목소리를 들을 때마다 엘렌은 눈물을 흘렸었다.

깜짝 놀라 뒤를 돌아보았다. 그곳에는 처음 만났던 그때의 모습은 거의 남아 있지 않은 성장한 가디엘이 있었다.

엘렌과 가디엘은 서로 놀라 눈을 크게 뜨고 있었다.

떠오른 것은 3년 전의 그 사건. 왕자에게 붙어 있는 정령의 저주인 검은 안개.

"······엘렌, 만나고 싶었어."

가디엘은 엘렌에게 다가가려 했지만 호위 중 한 명에게 제지당했다.

"전하, 안 됩니다!"

"이야기를 할 뿐이다. 겨우 만났단 말이다! 이거 놔!!"

가디엘이 이쪽을 보는 눈이 무서웠다. 엘렌은 자신도 모르게 사우벨을 붙들고 있던 손을 떨었다.

가디엘이 억지로라도 엘렌의 옆으로 오려 하자, 저주의 안개가 술렁였다. 가디엘이 바라는 마음의 방향에 여신의 아이가 있다고 저주가 알아챈 모양이었다.

"싫어……. 오지 마……!"

엘렌이 눈을 꼭 감은 바로 그때였다.

"내 딸에게 접근하지 말아주실까."

가디엘이 뒤쪽에서 로벨의 목소리가 들려왔다.

순식간에 분위기가 굳었다. 로벨이 가디엘의 바로 뒤로 전이해, 목덜미에 슬쩍 손을 대고 귀에 속삭이듯이 경고했다.

"전하……!"

"로벨 반크라이프트?!"

로벨이 나타나자 호위들이 낭패라는 듯이 목소리를 냈다.

로벨은 웃고 있었지만 목소리는 냉담했다. 가디엘은 등 뒤에서 냉기가 느껴지자 움직이지도 못한 채 새파래져 있었다.

"3년 전, 내 딸에게 접근해 무슨 일이 일어났는지 기억하지 못하는 건가?"

로벨의 말에 가디엘은 아무런 말도 할 수 없었다.

잊은 것은 아니었다. 그저 겨우 만나게 되었다는 사실에 마음이 조급해졌을 뿐이었다.

로벨의 말에 호위들은 무슨 영문인지 몰라 눈썹을 모았다. 하지만 단 한 사람 흄만은 무엇인가를 깨달았다.

"……3년 전? 접근해……?"

3년 전이라고 하면, 왕가의 사람들이 정령에게 저주를 받았다는 사실이 발각된 해다. 게다가 몹시 겁먹은 소녀의 모습은 정령인 애슈트가 가디엘에게 겁먹은 모습과 비슷했다.

"……설마 정령 공주라는 소문은 사실이었나?"

흄이 놀라며 말했다. 그러자 로벨이 흄에게로 시선을 돌렸다. 흄은 로벨과 눈이 마주치자 히익 하고 비명을 질렀다. 그의 눈은 일절 웃고 있지 않기 때문이다.

"자네는 누구지?"

흄은 싱긋 웃는 로벨을 보면서 식은땀을 흘렸다. 하지만 마음을 다잡고 상대를 똑바로 바라보았다.

"궁정 치료사인 흄이라고 합니다."

"오호라. 살금살금 냄새를 맡고 다닌다 했더니, 그런 거였나."

로벨은 웃으면서 이 자리의 분위기를 제압했다.

자, 이야기를 들어보도록 할까. 로벨은 가디엘 일행을 재촉했다.

*

로벨은 재촉하며 이야기를 들으려 했다. 하지만 숙소 문을 부순 탓에 구경꾼이 점점 모여들었다.

숙소 주인에게 다른 방을 받아서 이동했다. 로벨이 결계를 펼친 후에 이야기를 다시 꺼냈다.

"궁정 치료사를 데리고 오다니. 역시 약을 조사하러 왔다는 건가."

"형님, 잠시만요. 그것보다 라필리아가 먼저입니다. 어째서 여기 없지? 당신들이 불러냈을 텐데?"

가디엘 일행은 사우벨의 말에 서로의 얼굴을 마주 보았다.

"무슨 말이지?"

호위인 포겔이 의아하다는 듯이 물었다. 사우벨은 조바심을 누르려 노력하면서 말했다.

"전하가 보낸 편지를 받은 딸은 혼자서 저택을 빠져나갔다. ……그리고 행방을 알 수 없게 됐다."

"라필리아가?!"

"당신들이 불러낸 것이지?! 왕가의 인장이 찍힌 편지를 받은 후에 딸은 사라졌다!"

"기다려. 나는 라필리아에게 편지 같은 건 보내지 않았어!"

가디엘의 말에 사우벨이 굳어졌다.

"무슨 소리입니까……?"

사우벨의 당황한 목소리로 말했다. 그러자 가디엘 일행도 곤혹스러워했다.

그렇다면 왕가의 인장이 찍힌 편지를 제삼자가 위조해 라필리아에게 보냈다는 것이 됐다.

"라필리아와 전하가 편지를 주고받는다는 사실을 사전에 조사한 건가."

로벨이 말했다. 그러자 사우벨이 무언가를 떠올렸다.

그리고 지친 기색으로 한숨을 내쉬는 그 모습에 로벨이 짚이는 것이 있냐며 물었다.

"딸입니다……. 딸이 자랑했었어요. 전하와 편지를 주고받고 있다고……."

그 말에 모두들 믿을 수 없는듯 눈을 크게 떴다.

왕가의 사람과 친밀하게 편지를 주고받고 있다는 말을 발설하면 어떤 문제에 말려들지 모른다. 실제로 라필리아는 위조된 편지에 속아 납치되고 말았다.

게다가 왕가와 직접적인 관계가 있다고 알려진다면, 주변 귀족들은 잘못된 의심을 하며 근거도 없는 소문을 퍼뜨릴 것이다.

그중에는 반크라이프트가를 함정에 빠뜨리는 데 쓰려 하는 자도 있을 터였다.

"몇 번이나 주의를 줬건만…. 하지만 이런 상황이 되었다는 건, 결국 말을 듣지 않았던 모양입니다……."

엘렌은 이 이야기를 듣고서 여자아이라면 왕자님과 편지를 주고받는 것을 자랑하고 싶어지는 마음은 당연한 일이라고 생각했다.

라필리아는 원래 시정에서 자랐다고 들었다. 귀족의 관습 운운해본들 그 자각이 싹트는 데는 시간이 걸릴 것이다.

게다가 사우벨은 라필리아가 반항기라고 말했다. 주의를 받으면 받을수록 반발하는 시기였다.

"엘렌과 헷갈린 것이라고 생각했는데……."

사우벨이 비통한 목소리로 말했다.

"그렇게 말을 하고 다녔다면 언젠가는 반드시 납치당했을 겁니다."

호위인 라베가 기가 막히다는 듯이 대꾸했다.

가디엘 일행은 라필리아가 제멋대로 군 탓에 임무를 방해받았다. 한숨을 내쉬지 않을 수가 없었다.

사우벨은 라필리아를 찾을 단서가 사라지자 괴로운 듯 머리를 끌어안았다.

"……엘렌과 헷갈린 것이라는 말은 무슨 뜻이지?"

"전하, 그 약에 관한 것 아니겠습니까? 소문으로는 반크라이프트가의 공주님이 약을 가져온다고 하지 않았습니까?"

가디엘 일행의 시선이 일제히 엘렌에게 향했다.

엘렌이 시선에 깜짝 놀라 떨었다. 그러자 사우벨이 엘렌을 슥 등 뒤로 감추어 시선을 차단해주었다.

"어째서 약에 관해 캐고 다니는 거지?"

"……죽을병에 걸렸다고 하던 환자가 나았다는 소문이 돌았지. 그러한 효과를 가진 약이 정말로 있는지 조사를 나오게 되었다."

"전하?!"

"감춰본들 어쩔 수 없다. 라필리아를 납치하지 않았다는 것을 증명하려면 사실대로 이야기할 수밖에."

"역시 폐하의 아드님이로군요. 이해력이 좋아서 이야기가 빠르겠어."

로벨이 싱긋 웃으며 말했다. 하지만 그의 눈은 전혀 웃고 있지 않았다.

가디엘은 창백해진 얼굴로 이야기를 계속했다.

"소문이 퍼지면 병을 가진 자들이 이곳으로 밀려들 것이다. ……폐하께서는 그 점을 걱정하고 계시지. 실력 좋은 약사를 발견한 것이 엘렌이라는 소문이 돌고 있으니까."

왕 또한 엘렌이 어떤 사건에 휩쓸릴 가능성이 있을지도 모른다고 판단했다. 그래서 가디엘에게 소문의 진상을 확인하고 오도록 명령했던 것이다.

엘렌은 그 속 시커먼 사람이 걱정했다는 말을 듣고 눈이 동그래졌다.

어째서 날 걱정하는 것일까. 엘렌은 속셈을 읽어보려고 한참 생각하다, 갑자기 접근해 온 존재가 있다는 사실을 깨닫는 데 늦고 말았다.

"저기, 내 이름은 흄이야. 궁정 치료사를 하고 있어. 왕자에게 약을 조사하기 위해 동행하도록 명령받았지. 엄청나게 민폐라니까. 그나저나, 네가 바로 그 정령 공주니?"

".............."

엘렌은 갑작스러운 전개에 따라가지 못하고 멍해졌다. 로벨에게 그렇게나 주의를 받아놓고도 무섭지 않은 것일까? 사우벨도 경계를 하고는 있었지만, 엘렌과 같은 생각을 했는지 놀라서 멍해졌다.

로벨은 무슨 짓을 하려는 것인가 싶어 심각한 표정이 되었다. 그리고 흄이 조금 다가갔을 뿐, 그 이상으로는 접근하지는 않자 상황을 지켜보고 있었다.

흄에겐 정령이 친구다. 그래서 왕가의 사람은 붙어있고 싶지 않은 존재였다. 흄과 같은 입장으로 보이는 엘렌 일행의 모습에 적의

적은 아군이라고 생각하고 행동에 나선 것이다.

엘렌이 아무런 대답도 하지 않고 조용히 있었다. 그러나 흄은 기분 상한 기색 없이 웃는 얼굴로 이야기를 계속했다.

"나한테도 정령 친구가 있어. 애슈트라고 해. 귀여워."

엘렌은 그 말에 관심이 생겼다. 왕가의 사람 옆에 있는 사람이 정령과 계약을 했다고?

"……정령과 계약한 거야?"

"응. 친구야. 못 믿겠어? 만나게 해줄게. 아, 전하. 잠깐 저쪽으로 가주세요."

흄이 가디엘에게 방구석으로 가라고 말했다. 그러자 엘렌은 물론이고 로벨과 사우벨도 허를 찔려 눈을 크게 떴다. 정령과 계약했다고 하는 흄은 정령이 왕가의 사람을 싫어한다는 사실을 아는 모양이었다.

밀려난 가디엘은 흄을 노려보았다. 그러고는 흄을 향해 엘렌에게 접근하지 말라고 소리치고 있었다. 엘렌은 그 말의 의미를 알 수 없어 고개를 갸웃거렸다.

하지만 흄에게 있어 그런 것은 어찌 되든 상관없는 일이었다. 가디엘을 구석으로 몰아낸 뒤 일을 해결했다는 듯이 시원한 미소를 짓고 있었다.

"이리 와, 애슈트!"

흄이 외치자 공중에서 퐁 하고 하얀 연기가 나타났다. 그리고 그곳에서 아래로 무엇인가 뽕 떨어졌다.

바닥을 보자 그곳에는 놀라서 고개를 갸웃거리는 자그마한 토끼가 있었다.

『큐?』

애슈트라고 불린 토끼는 흄을 보면서 귀를 쫑긋 세우고, 무슨 일이야? 라고 말하듯이 코를 찡긋찡긋 움직이고 있었다.

"소개할게. 애슈트야. 애슈트, 봐, 공주님이야."

흄은 웃으면서 엘렌을 애슈트에게 소개했다.

아주 안 좋은 예감이 들었다.

『공쥬니이이이임!!』

예상대로 애슈트는 엘렌을 보자마자 기뻐하면서 매달렸다.

*

'들켰어요. 아주 제대로 들켰네요. 정령 때문에 들통이 났어요……'

엘렌은 매우 기뻐하며 찰싹 달라붙은 애슈트를 양손으로 꼬옥 안아 들었다.

엘렌과 로벨은 동시에 한숨을 내쉬었다.

"아……. 예상치 못한 복병이……."

"귀여우니까 화낼 수 없어요."

엘렌은 애슈트의 머리를 쓰다듬으면서 쓴웃음을 지었다.

"아버지, 이제 그만 괜찮지 않을까요? 비밀을 지키게 하면 될 테니까요."

"엘렌, 진심이니?"

"제 약의 소문은 왕도에까지 퍼지고 말았어요. 그렇다면 영지에서 독점하는 것이 아니라, 왕가의 관리 아래 두고 확산시킬 수밖에 없겠어요. 한 곳에 집중되어 있기 때문에 안 되는 거예요."

"……흠."

"어차피 치료원의 허용 범위도 넘어선 상태였어요. 아버지와 숙부님은 눈치채고 계셨죠?"

로벨과 사우벨은 엘렌의 말에 입을 다물었다. 엘렌은 그 침묵을 긍정으로 받아들였다.

"그들의 조사는 약에 관한 것이에요. 이건 가르쳐 줘요. 하지만 먼저 라필리아 수색을 도와줘야 한다는 조건을 걸 거예요."

엘렌은 가디엘 일행을 똑바로 바라보면서 앞으로 나섰다.

애슈트를 바닥에 내려놓고 숙녀의 예를 갖췄다.

"처음 뵙겠습니다. 엘렌이라고 합니다. 정령왕의 딸입니다."

가디엘 일행은 그 말에 놀라 눈을 크게 뜨고, 말을 잇지 못했다.

*

가디엘 일행은 엘렌이 한 말에 어떻게 반응하면 좋을지 알 수 없는 듯했다. 그대로 놀란 채로 굳어지고 말았다.

"엘렌……. 괜찮겠니?"

"사우벨 숙부님. 저는 여기저기에서 공주님이라고 불리고 있잖아요? 하나 늘었다고 해서 주변에서 절 보는 인식은 달라지지 않지 않을까요?"

반크라이프트가의 작은 공주님, 치료의 공주님, 정령 공주님……. 그러고 보니 그렇구나. 사우벨은 엘렌이 주변에서 그렇게 불리고 있다는 사실을 떠올렸다.

"게다가 폐하는 이미 알고 계셔요. 저를 그렇게 부르셨죠?"

엘렌이 그렇게 말하자 가디엘은 무엇인가를 떠올렸는지 눈을 부릅떴다.

분명 라비스엘이 엘렌을 「정령 공주님」이라고 불렀다.

"……정말이었나?"

"폐하가 저를 걱정하고 계셨다고 한다면, 그게 첫 번째 이유일 거예요. 폐하는 정령을 중요하게 생각하시니까요. 제가 어떤 문제에 휘말려서 우리가 이 땅에서 떠날까 걱정하신 것일지도 모르겠네요."

엘렌은 영웅의 딸이다. 라비스엘은 로벨의 힘을 특히 탐내고 있었다. 그래서 엘렌에게 무슨 일이 생기면 로벨이 반드시 움직이리라 확신하고 있었다.

"아, 그런 거였나."

이제야 라비스엘의 생각이 이해되었다.

소문이 이렇게까지 퍼진다면 엘렌 주변은 분명 문제가 넘쳐나리라. 그리고 약의 효능이 알려질수록 문제는 반드시 일어난다. 약의 출처가 로벨이나 엘렌이라면, 눈앞에 나타난 왕가 사람의 의미를 놓치지 않을 것이다.

유괴도 가디엘의 존재를 눈에 띄게 하기 위한 것이었다고 생각하면 앞뒤가 맞았다. 라비스엘은 이 함정을 눈치채고 있었다 해도 엘렌이라면 받아줄 거라고 읽고 있었던 것이다.

"……폐하의 의도대로군요. 어쩌면 라필리아는 정말로 왕가의 손이 닿는 자에게 납치된 것일지도 모르겠어요."

엘렌이 한마디 하자 가디엘이 움찔했다.

"그게 무슨 뜻이지?!"

"폐하께는 지금이 만족스러운 상황이기 때문이죠. 만약 정말로 라필리아가 왕가의 사람에게 납치된 것이었을 때는 그에 상응하는 각오를 해주세요."

"나는 모르는 일이라고 말했을 텐데?!"

"전하에게 가르쳐줄 필요 같은 건 없었을 거예요. 그분은 그런 분이니까요."

엘렌의 말에 가디엘은 말문이 막혔다. 왕이라는 위치에서 임무를 준 것이라는 사실을 이제야 깨달았다. 여기에 부모와 자식의 자비 같은 건 없다. 숨겨진 의도가 있다면, 더더욱 말하지 않을 터다. 왕은 나라를 첫 번째로 여긴다. 때문에 나라에 도움이 되는 정보를 끌어내기 위해 아들 앞에서 계획적으로 연기를 하는 것쯤은 쉬운 일이다.

"……나는 이용당한 건가."

"라필리아를 찾으면 사실여부는 분명해질 거예요. 그러니 라필리아를 찾는 걸 도와주세요."

"이렇게까지 바보 취급을 해놓고 도우라고?"

호위 중 한 명이 언성을 높였다.

"당신들은 이미 임무에 실패했어요. 그걸 폐하에게 보고하시겠어요?"

"······할 수밖에 없을 거다."

"하지만 폐하께서는 아주 실망하시겠죠···. 하지만 그걸 만회할 수 있는 방법이 라필리아를 구출하는 것이라고 한다면 어떻게 하시겠어요?"

"······어째서 그렇게 되지?"

"이건 거래입니다. 도와주신다고 한다면, 상세한 내용과 함께 약을 조금 넘겨드리죠. 단, 라필리아가 무사히 구출되는 것이 조건이에요."

"무슨 뜻이지?"

"폐하께서 바라시는 것은 약에 관한 상세한 내용과 실제 약의 입수겠죠. 그리고 약의 관리. 이것들을 가지고 돌아가면 임무는 실패가 아니게 될 거예요."

"······그걸 보증할 수 있는 건가?"

"저는 정령왕의 딸. 원시의 왕의 딸인 제가 긍지를 걸고서 맹세할게요."

"원시의 왕······."

이 세계 모든 것의 시작이라 구가되는 여신의 아이.

똑바로 바라보는 그 눈동자는 사람에게는 있을 수 없는 보석 같은 아름다움이 있었다. 가디엘 일행은 정령이라는 말을 듣고서 받아들일 수 있었다.

"……알았다. 나도 친구인 라필리아가 걱정되니까."

가디엘도 엘렌을 똑바로 바라보며 승낙했다. 하지만 로벨은 이 흐름에 조금 짜증이 난 모양이었다.

"……엘렌, 왜 그들에게 도움을 요청하는 거니?"

엘렌은 로벨의 의문에 답하기 위해 호위들을 보았다.

"전하의 호위들은 이러한 예측하지 못한 사태에 대비해 미리 훈련을 받았을 거예요."

"……어떻게 그걸?"

"전하도 납치당하기 쉬운 인물이잖아요? 우리에게는 그러한 상황에 대응할 수 있는 인재가 없어요. 쓸 수 있는 걸 아끼고 있을 상황이 아니에요."

엘렌의 말에 호위들은 눈을 동그랗게 뜨고 있었다. 로벨은 과연 그렇군 하고 말했다.

"우리는 정령의 힘으로 바람을 통해 정보를 모으고 있어요. 하지만 밖은 몰라도 실내로 들어가 버리면 벽에 가로막혀 소리가 들리지 않게 되어요. 그러니 유괴범이 아이를 감춰두었을 법한 건물을 추려내 주셨으면 해요."

"바람의 힘을 써서 정보를 모은다고……?"

"아, 병을 하늘로 끌어 올리고 있었지!"

흄의 말에 엘렌은 놀랐다. 그것이 보였다는 것인가.

"당신…… 눈치채신 건가요?"

"바람의 상위 정령이 있다고 생각하고 있었어. 그렇구나. 그렇게 쓸 수도 있는 건가."

흄의 매우 감탄하는 모습이 흥미로웠다. 이 흄이라는 남자는 정령과 친화성이 매우 높은가 보다.

엘렌은 놀라움은 일단 제쳐두고 이야기를 계속했다.

"범인의 숫자는 셋까지는 알고 있어요. 아이 하나와 어른 셋이 숨어들 수 있을 만한 장소, 또는 이동할 만한 장소 등을 예상해 주시겠어요?"

호위들은 서로 눈빛을 주고받은 후 고개를 끄덕였다.

숙소의 방은 바로 회의실로 바뀌었다. 엘렌이 꺼낸 영지 지도를 다 함께 보면서 서로 의견을 나누었다.

"범인의 목적은 뭐지?"

"약에 관해 이야기했다고 정령에게 들었다. 그자들은 딸과 계약한 정령, 혹은 약사가 약을 만들고 있을 거라는 이야기를 했다더군. 딸을 인질로 삼아 약을 만들게 할 셈인 거겠지……."

"……그렇다면, 저택에 약을 준비하라는 전갈이 와 있는 건 아닙니까?"

"그런 협박이 들어오면 곧바로 연락을 취할 수 있도록 저택에 정령을 배치해두었어요. 이쪽이 약을 준비하려면 어찌해도 시간이 걸릴 테니까, 어딘가 잠복할 곳이 있을 거예요."

호위들이 엘렌의 말에 눈을 크게 떴다.

"……익숙한걸."

엘렌은 조용히 흘러나온 한 마디에 흠칫했다. 여태껏 생전의 기억으로 대처하고 있었는데, 이런 식으로 의심받게 될 거라고는 생각하지 않았다. 가디엘이 안쓰럽다는 듯이 엘렌을 쳐다보았다.

"엘렌…… 너도 납치당하고 만 일이 있는 거야? 괴로웠지? 억지로 떠올리지 않아도 괜찮아."

엘렌은 가디엘의 말에 어리둥절해졌다. 아무래도 경험자라고 생각하는 것 같았다.

게다가 호위가 「익숙하다」고 한 말에 자주 표적이 되는 것이리라 짐작한 듯, 거북해하며 미안했다고 사과하기까지 했다.

"아, 아뇨……."

엘렌은 주제를 되돌려 다시 이야기를 진행하다가 문득 로벨과 눈이 마주쳤다.

로벨은 장난을 눈치챈 것처럼 즐거워 보이는 얼굴을 하고 있었다. 그리고 몰래 엘렌에게 말했다.

"엘렌은 총명해서 앞을 읽을 수 있을 뿐인데 말이지. 그리고 내가 귀여운 딸을 납치당하게 두는 바보 같은 짓을 할 리가 없잖아?"

엘렌은 우습다는 듯이 말하는 로벨에게 그러네요 하고 답할 수밖에 없었다.

'아버지, 아버지도 착각하고 계세요…….'

뭐, 상관없으려나. 엘렌은 한숨을 내쉬었다.

*

호위 중 한 명인 포겔은 줄곧 미간에 주름을 잡고 있었다.

"도주로를 확보할 수 있는 곳……. 어른 셋과 아이 하나……."

중얼중얼 말하며 무엇인가를 생각하고 있다. 그리고 이윽고 짐작이 가는지 지도의 한 점에 손가락을 올려 두었다.

"여기로군."

그가 가리킨 장소는 반크라이프트 영지의 마을에서 조금 떨어진 숲의 입구에 설치된 나무꾼의 휴게소였다.

그곳은 인적이 전혀 없었다. 조금만 걸어도 길로 나왔고, 만일 무슨 일이 생겨도 숲으로 도망칠 수 있어 잠복하기에는 최적의 곳이었다.

엘렌은 서둘러 반을 불렀다.

"반 군!"

엘렌의 말에 사람 모습을 한 채인 반이 나타나 사뿐히 내려섰다. 가디엘 일행은 그 모습에 놀라서 굳어지고 말았다.

"무슨 일이십니까? 공주님."

"부탁이 있어. 하늘에서 여기 있는 오두막의 상황을 살펴봐 줘. 만약 안에 붙잡힌 여자아이가 있으면 확보해주고! 그리고 주변에 어른들이 있으면 마법으로 구속해줬으면 해."

엘렌은 지도를 가리키면서 반에게 부탁했다.

"알겠습니다!"

그럼 다녀오겠습니다. 반은 고개를 숙이며 말한 뒤 모습을 감추었다.

"……상위 정령?"

"반은 대정령이야. 사람 모습을 할 수 있는 정령은 대정령이거든."

흄의 말에 로벨이 설명해주었다.

그 말을 들은 흄과 가디엘 일행은 눈을 크게 뜨고 대정령…… 하고 아연실색했다.

"잠시 반의 보고를 기다려요. 숙부님, 분명 괜찮을 거예요."

"아아, 미안하구나……. 고맙다. 엘렌."

사우벨은 힐끔힐끔 복도 쪽으로 시선을 보내고 있었다. 바로 현장으로 달려가고 싶은 마음인 것이리라.

하지만 보고를 기다렸다가 전이하는 편이 가장 빠를 터였다.

이편이 효율이 좋다는 것은 이해하고 있었다. 그래서 초조한 마음을 참고 견디는 중이라는 것을 알 수 있었다.

실내가 무거운 침묵에 휩싸였다. 부디 무사하기만을 기도했다.

엘렌이 만약 라필리아의 모습을 본 적이 있다면 정령의 수경으로 모습을 찾을 수 있었을 것이다.

아리아와 얼굴을 마주하는 것을 피하기 위해 라필리아와도 만나지 않았었다. 현재의 모습을 모르는 이상 찾는 것은 불가능했다. 그것이 라필리아라고 판별 할 수 없는 것이다.

참고로 로벨은 전혀 관심이 없어 전부 똑같게 보이는지, 라필리아의 얼굴도 전혀 기억하지 못했다.

후회하고 있으려니 가디엘이 조금 떨어진 곳에서 말을 걸어왔다.

"엘렌, 만약 라필리아가 무사히 돌아온다면……. 내 이야기를 들어줬으면 좋겠어."

엘렌은 가디엘을 바라보았다. 언젠가는 이야기해야만 한다고 생각하고 있었다.

그 비석의 보고도 줄곧 계속되게 둘 수 없었다.

"……네. 알겠습니다."

가디엘은 엘렌의 승낙에 꽃이 활짝 핀 것처럼 기쁜 듯이 웃었다.

엘렌은 그런 가디엘의 미소에 시선을 빼앗겼다. 가디엘을 빤히 바라보고 있는데 갑자기 시야가 새카매졌다.

"응?"

뒤에서 시야를 가린 것 같아 돌아보니 싱긋 웃는 로벨이 서있었다.

"엘렌, 안 돼~."

"네?"

엘렌이 무슨 뜻인지 알 수 없어 고개를 갸웃거리자, 로벨은 저주가 있으니 전하에게 접근하면 안 된다고 설명했다.

"아……. 그랬죠."

왕가의 저주는 여신의 힘에 반응하여 도움을 바라듯 그 손을 뻗어온다.

3년 전. 저주와 접촉해 슬프고 괴로운 기억을 엿보게 되었다. 그것을 다시 한번 체험하고 싶으냐고 묻는다면 싫다고 바로 대답할 수 있었다.

엘렌이 스르륵 가디엘에게서 떨어져 로벨의 등 뒤로 숨었다. 그러자 가디엘은 순식간에 충격을 받은 표정을 지었다. 그 모습을 본 로벨이 싱긋 웃으며 짓궂은 얼굴을 했다.

엘렌은 로벨의 무릎 사이에 앉아 정령의 보고를 기다리고 있었다. 그런데 로벨이 엘렌에게 조용히 물었다.

"저기, 엘렌. 아까는 어째서 전하의 얼굴을 보고 있었니?"

"네?"

"왜, 아까 이야기해도 좋다고 승낙했잖아?"

그때의 일인가. 엘렌은 어째서 전하의 얼굴을 보고 있었는지 이유를 말했다.

"이야기하겠다는 약속을 한 것만으로 그렇게나 기쁜 미소를 지을 수 있는지 신기해서요……."

"풉……!"

로벨이 갑자기 뿜었다. 그리고 참듯이 어깨를 떨고 있었다.

"……아버지?"

"이, 잊고 있었어……. 그러고 보니 엘렌은 둔했었지."

"그게 무슨 의미인가요?"

엘렌은 폭언을 듣자 뺨을 부풀렸다. 로벨은 엘렌의 뺨을 찌르면서 말했다.

"엘렌은 정말 귀엽다니까. 영원히 그대로 있어주렴."

"아버지는 변함없이 짜증 난다고 생각합니다."

"너무해?!"

나는 이렇게나 딸을 사랑하고 있는데. 그렇게 말하며 로벨이 엘렌을 바짝 끌어안자 가디엘 일행이 눈을 크게 뜨고 입을 떡 벌렸다.

"아버지…… 일방통행인 사랑은 무겁다고 생각하지 않으시나요?"

"어디서 그런 걸 배워 오는 거니?"

엘렌과 아버지는 쌍방통행이야~~! 하는 로벨의 외침이 방 안에 메아리쳤을 때, 반이 갑자기 나타나 땅에 내려섰다.

"공주님."

"반 군! 어떻게 됐어?!"

"공주님 말씀대로, 오두막에는 남자 다섯 명과 소녀 한 명이 있었습니다. 어른들은 구속해두었습니다."

"수고했어!! 아버지! 숙부님!!"

"가자, 사우벨."

"네!!"

로벨은 이어서 저택에서 대기하고 있는 다른 정령들과 연락을 취하라고 반에게 말했다. 그리고 알베르트와 카이에게는 마차를 준비하도록 지시를 내렸다. 그런 다음엔 다른 정령들과 함께 마차째로 목적지까지 전이해 오라고 부탁했다.

반 혼자라면 힘이 충분치 않겠지만, 대기하고 있던 다른 대정령들과 함께라면 마차째로 이동하는 것이 가능할 것이다.

"기다려! 우리도 가겠다!"

가디엘이 적극적으로 요구했다. 하지만 엘렌과 로벨이 가디엘을 안고 전이할 수는 없었다.

"어, 어쩌죠?"

"뭐 여기까지 관여했으니 신경이 쓰일 테지. 괜찮지 않을까? 그럼 너희들, 손을 잡고 둥글게 서. 아, 전하 양옆에는 호위 들이 서도록."

가디엘 일행은 반론을 허락하지 않는 로벨의 발언에 당황하면서도 서로 손을 잡았다. 엘렌은 맞잡은 손이 따뜻해서 감탄했다.

엘렌의 양옆은 로벨과 사우벨이다. 로벨과 함께라면 이 많은 인원의 전이도 문제없으리라.

설마 이렇게 많은 어른들이 손을 잡고 원을 만들 거라고는 생각도 못 했다.

마치 놀이를 하는 것만 같아서 아주 조금 즐거웠다는 것은 비밀이다.

*

오두막 앞으로 전이하자 어른 둘이 다리를 다친 상태로 기절해 있었다.

엘렌은 저택에서 대기하고 있던 대정령 중 한 명이 나타나 공중에 떠 있는 것을 발견하고 말을 걸었다.

"고마워! 수고했어!"

"오, 공주님."

다른 정령들은? 엘렌 곁으로 살며시 내려선 대정령에게 물어보니, 지금부터 자신을 거점으로 해서 마차를 끌어오고 있다 했다.

사우벨이 기절한 남자들을 확인도 하는 둥 마는 둥 하면서 라필리아! 라고 외치며 오두막 쪽으로 달려 들어갔다.

"라필리아! 라필리아!"

오두막 안 바닥에는 남자 셋이 굴러다니고 있었다.

더 안쪽을 보자 라필리아가 밧줄에 묶인 채로 있었다.

"라필리아!!"

"으읍~~!!"

라필리아는 사우벨을 보고 눈에 눈물이 글썽해졌다. 곧 눈물을 뚝뚝 흘리기 시작했다.

"이제 괜찮단다!!"

사우벨은 라필리아의 입에 물린 재갈을 서둘러 벗기고 구속을 풀어주었다.

오두막 밖에서 대기하고 있던 엘렌 곁으로 반 일행이 돌아왔다. 엘렌은 모두에게 고생했다고 말을 건넸다.

"덕분에 큰 도움이 되었습니다. 모두 고마워요!"

"늦지 않아 다행입니다."

싱긋 웃는 대정령들에게 감사 인사를 하자 모두가 돌아가며 엘렌의 머리를 쓰다듬었다.

그때 오두막에서 사우벨이 라필리아를 안고 나왔다. 그 모습을 본 가디엘이 라필리아! 라고 외쳤다.

라필리아는 가디엘의 모습을 발견하자 눈물을 더 뚝뚝 흘렸다.

"가디엘~~!"

"라필리아, 무사해서 다행이야……."

사우벨과 라필리아쪽으로 가디엘이 다가갔다.

무사해서 다행이다. 엘렌은 멀리서 확인하고 안도의 한숨을 내쉬었다.

가디엘의 호위들은 구속된 남자들을 한곳으로 모았다.

그리고 남자들이 소지품을 확인했다. 엘렌은 익숙해 보이는 그 모습에 협력을 부탁하길 정말 잘했다고 생각했다.

알베르트가 대정령들과 함께 마차째로 전이해 와서 무사하십니까? 라고 외치는 소리가 들렸다.

"반 군, 고마워!"

"저는 열심히 했습니다!"

반은 흥 하고 거친 숨을 내쉬었다. 그리고 엘렌 앞에 몸을 웅크리고서 무엇인가를 요구하고 있었다. 사람의 모습을 하고 있는데도 꼬리와 귀가 튀어나와 움찔움찔 흔들리고 있었다. 엘렌은 미소를 지으며 고맙다고 말하면서 반의 머리를 지나치다 싶을 만큼 쓰다듬어주었다. 엘렌이 반의 머리를 쓰다듬자 꼬리가 기쁜 듯이 힘차게 붕붕 흔들렸다.

엘렌은 머리 모양이 울프컷인 것도 그렇고, 역시 멍멍이 같다고 몰래 생각했다.

"나리!"

알베르트의 목소리를 듣고 사우벨은 여기라고 말했다. 그리고 알베르트가 가져온 모포로 라필리아를 감쌌다.

"아아, 엘렌. 형님……. 정말로 고맙습니다."

사우벨이 고개를 숙였다. 무사해서 다행이라고 대답했을 때였다.

"네가 엘렌이야?!"

라필리아가 갑작스레 날 선 반응을 보였다. 주변 어른들은 물론이고 엘렌도 눈을 동그랗게 떴다.

"네 탓이야! 네 탓에 내가 이런 꼴을 당했잖아! 너무해!!"

라필리아는 엘렌으로 오해당해 납치되었다고 알고 있는 모양이었다. 아마도 약에 관해 이것저것 질문을 받은 것이리라.

"라필리아!"

사우벨이 호통치자, 라필리아는 움찔하고 어깨를 떨었다.

"너, 전하와 편지를 주고받고 있다고 소문을 냈지?! 그래서 노려진 거다! 몇 번이고 주의를 줬을 텐데. 엘렌은 관계없어! 언젠가는 이렇게 됐을 거야!!"

"아빠, 너무……해! 왜 그러는 거야? 언제나, 언제나 그랬어! 다들 엘렌만 찾고!! 나도 노력하고 있는데! 아빠의 아이인데 아무도 인정해주지 않잖아!!"

라필리아의 말에 사우벨은 당황했다.

"언제나 그래. 저택의 메이드도 사용인도 마을 사람들도 다들 하나같이 엘렌 엘렌! 반크라이프트가의 공주님이라니 뭔데?! 내가 아니라며 다들 비웃잖아!!"

라필리아는 눈물을 뚝뚝 흘리면서 주장했다.

사우벨은 처음 듣는 라필리아의 말에 눈을 크게 떴다.

"라필리아……."

라필리아는 엘렌의 말을 듣고 찌릿 노려보았다.

"너 나한테 무슨 원한이라도 있는 거야?!"

"원한 같은 건 없어요. 아버지의 딸로서 반크라이프트가를 돕고 있을 뿐이에요……."

"돕고 있다고?!"

"그래요. 아버지와 함께 사업을 돕고 있어요. 저는 아버지의 피를 이었으니, 직계인 자라고 주변에 오해받은 거예요. 정말 미안해요……."

"……나와 같은 나이인데 숙부와 함께 일을 돕고 있다고?"

라필리아는 엘렌의 뒤에서 대기하고 있던 로벨의 모습을 보고, 그 말에 퍼뜩 깨달았는지 어리둥절해했다.

"……숙부님과 함께?"

"그래요. 아버지와 함께요."

이번에는 엘렌 쪽을 보며 어리둥절해했다. 그리고 서로 시선을 마주본 채로 한참을 있었다. 라필리아는 눈물을 그치고 엘렌의 모습을 위아래로 훑어보았다.

"흐응~."

'……이 도전적인 시선은 뭘까.'

"가디엘도 엘렌과 만나고 싶다고 자주 말했었는데……. 너 정말로 나랑 같은 나이야?"

라필리아는 조금 전까지 공포를 느끼며 울고 있다가 순식간에 분위기가 달라졌다.

라필리아는 흥 하고 도전적으로 말했다. 그리고 척 서서 엘렌과 대치했다.

그 키는 나이에 걸맞게…… 아니, 그 이상인 160센티미터 정도는 되었다.

엘렌은 당황하며 올려다보았다. 엘렌과의 차이는 30센티 정도로 보였다.

라필리아는 가슴을 펴고 이겼다는 듯이 웃었다.

"너는 여러 가지로 작네!"

'여러 가지로……?'

엘렌을 포함해 주변 어른들도 고개를 갸웃거렸다.

하지만 라필리아는 이것 보라는 듯이 흥 하고, 다시 한번 무엇인가를 주장하듯이 가슴을 활짝 폈다.

엘렌은 라필리아가 한 말의 의미를 바로 이해하고 부들부들 떨었다.

"커, 커…….."

라필리아의 그곳은 소녀이기는 해도 발달을 시작해 봉긋해졌다는 것을 알 수 있었다.

엘렌은 무심코 자신의 「그곳」과 비교해보고 말았다.

"커…… 커질 거야!!"

엘렌이 눈물을 글썽이며 가슴을 누르고 라필리아를 마주 노려보자, 주변 어른들도 바로 의미를 이해했다.

일부 어른들은 기막혀했다. 그리고 가디엘과 카이, 흄이 얼굴을 붉히며 시선을 돌렸다.

엘렌은 생전부터의 콤플렉스를 자극당해 눈에서 뚝뚝 눈물이 떨어졌다.

"후에엥…… 커질 거야……."

엘렌이 코를 훌쩍이며 말했다. 그러자 로벨이 보호하듯이 엘렌을 안아 들었다.

"엘렌의 엄마는 아주 크니까 괜찮아. 너무 빨리 커지면 처지는 것도 빨라지니까 너무 신경 쓰지 않는 편이 좋단다."

"아버지……."

엘렌은 로벨의 가슴에 얼굴을 묻고서 울었다.

주변 사람들은 매우 실례인 말을 한 로벨을 보며 어이없어하고 있었다. 당사자인 라필리아는 로벨의 말에 질겁했다.

로벨은 울고 있는 엘렌을 안고서 먼저 저택으로 돌아가겠다는 말을 남기고 전이해서 떠났다.

로벨이 사라지자 정령들도 차례차례 모습을 감추었다.

마지막까지 남아 있던 반은 라필리아를 노려보며 내뱉었다.

"고작 인간 따위가…… 공주님께 무례한 발언을 하다니. 각오해 둬라."

그 말을 듣고 가디엘과 그 호위, 그리고 흄만이 라필리아가 대정령의 분노를 샀다는 것을 깨달았다.

사우벨 일행은 독기가 빠지고 지쳐서 크게 한숨을 내쉬었다.

이자벨라와 로렌은 갑자기 전이해 온 로벨과 엘렌의 모습에 펄쩍 뛰어오를 듯이 놀랐다.

"정말! 놀라게 하지 좀 말려무나!!"

"어, 어서 오십시오. 로벨, 님……?"

이자벨라와 로렌은 로벨의 품 안에서 훌쩍훌쩍 울고 있는 엘렌의 모습을 보고 눈을 크게 떴다.

"엘렌, 대체 어떻게 된 거니? 라, 라필리아한테 무슨 일이라도?!"

"라필리아는 무사합니다. 엘렌이 열심히 했으니까요."

"……그렇다면 엘렌은 왜 울고 있는 거지?"

"라필리아가 울렸습니다."

"그, 그게 무슨 말이니?"

로벨은 엘렌을 침실로 옮겼다. 동시에 로렌에게 지시를 내렸다.

"곧 사우벨과 함께 라필리아도 돌아올 거다. 그리고 전하와 그 일행들도 함께일 테니 방을 준비해둬라."

"네."

로벨의 말에 로렌과 사용인들이 바빠졌다. 그러면서도 엘렌이 울고 있는 것이 신경 쓰이는지 계속 살피면서 걱정을 해주었다. 로벨은 그런 그들에게는 시선도 주지 않고, 성큼성큼 침실로 향했다.

침실에 들어선 로벨은 한동안 아무도 접근하지 못하게 하라고 로렌에게 명령했다. 그리고 엘렌을 안은 채 침대 끄트머리에 가만히 앉았다.

그리고 여전히 울고 있는 엘렌을 소중하게 꼭 끌어안았다.

"있지, 엘렌……."

로벨은 다정하게 속삭였다.

"어째서 그렇게 빨리 어른이 되려고 하는 걸까……. 아버지는 쓸쓸해."

"……아버지?"

"정령도 성장을 멈추는 건 불가능해. 언젠가 반드시 어른이 되어버린단다? 어째서 지금 이대로면 안 되는 걸까……."

"……."

"어른이 되면 내 곁에서 멀어지게 될 텐데……. 그런 거…… 그런 거……."

"……아버지?"

엘렌이 로벨의 상태가 이상하다 싶어 품에서 살며시 고개를 들자, 부들부들 떨고 있는 로벨이 보였다.

"싫어어어어어어!!"

로벨은 엘렌을 끌어안은 채 침대 위를 데굴데굴 굴렀다. 품에 안긴 채인 엘렌은 그대로 함께 구르게 되고 말았다.

"으꺄아아아!!"

"엘렌~~!! 절대로 시집보내지 않을 거야아아아!!"

엘렌은 로벨의 폭주를 말리기 위해 허우적거리면서 로벨의 뺨을 양손으로 찰싹 때렸다.

그러자 로벨이 「아파…….」 하고 신음하며 멈췄다.

"아버지이이이! 이게 대체 무슨 짓이신가요?!"

"……후후. 우리 울보, 눈물은 멈췄니?"

엘렌이 깜짝 놀라 올려다보자 로벨이 키득키득 웃었다.

로벨은 엘렌의 머리를 쓰다듬어주면서 다정한 미소를 지었다.

엘렌은 분명히 생전의 콤플렉스를 자극당해 자신을 통제하지 못했다.

기습적으로 오랜 상처를 자극당해 자신도 모르게 울고 말았는데, 아무리 그래도 어른답지 못했다고 생각할 여유를 되찾았다.

어린아이로 살면서 때때로 사고도 어린아이로 돌아가 버리는 것만 같았다.

"……멈췄어요."

"어라? 이번에는 투덜이가 됐는데?"

"아버지 탓이잖아요!"

엘렌이 툴툴 화내면서 로벨의 가슴을 토닥토닥 때렸다. 로벨은 간지럽다는 듯이 웃었다.

"엘렌은 평소에 워낙 야무지니까, 좀처럼 울지를 않잖아. 울보도 귀여웠지만 투덜이도 귀여운걸."

딸바보의 모습을 여지없이 보여주며 싱글벙글 웃고 있다.

엘렌은 그 모습에 어이없어하면서도 자신을 돌아보며 반성했다.

생전의 감각이 남아 있는 엘렌은 알고 있었다. 어린아이의 시간은 지금뿐이라는 것을.

어린아이였을 때는 어른이 되고 싶다고 항상 생각했었다. 엘렌은 어른이 되고도 몸이 크게 성장하지 않아서 줄곧 「어른」을 동경했다.

다시 태어났으니 이번에야말로 어른이 되리라고 생각했다.

하지만 이 몸은 성장의 조짐이 느렸다. 그래서 마음 한편으로는 초조함을 느끼고 있었다.

죽고 나면 「가족」도 한순간에 사라지고 만다.

엘렌은 생전에 어른이 되고 부모 곁에서 떠나는 경험을 이미 경험해봤으면서, 어른을 동경한 나머지 눈앞의 부모님을 소홀히 여기고 말았다.

"……잘못했어요. 저는 아버지와 어머니 딸이라 행복해요."

엘렌이 눈물을 글썽이며 품에 매달려 그렇게 중얼거렸다. 그러자 로벨은 숨을 삼키고 엘렌을 마주 힘껏 끌어안아 주었다.

엘렌이 한동안 품에 안긴 채 머리를 톡 기대고 있자, 우느라 지친 탓인지 졸음이 몰려와 꾸벅꾸벅 졸았다.

그때 정령의 기적이 느껴져 잠이 단숨에 깼다.

"공주님!"

초조해진 반이 이쪽으로 전이해 왔다.

"그 계집애! 공주님을 울리다니~~!!"

반이 이를 갈며 눈꼬리를 치켜세우자 엘렌은 눈을 동그랗게 떴다.

"공주님! 공주님!! 그 계집애, 갈기갈기 찢어놓을까요?!"

반은 엘렌을 걱정스러운 듯 바라보았다. 그러더니 안절부절못하면서 주변을 빙글빙글 돌았다. 아니, 잠깐. 그런 생각은 그만두라며 다급하게 말리자 흥분하여 바짝 섰던 반의 귀와 꼬리가 축 늘어졌다.

"그렇지! 공주님. 자, 마음껏 복슬복슬을 즐기십시오!!"

호랑이로 돌아온 반은 침대에 뛰어올라 누워 스스로 배를 드러냈다.

게다가 꼬리로 시트를 탁탁 치면서 재촉했다.

엘렌은 반의 마음 씀씀이에 기뻐져서 얼굴이 풀어졌다.

"반 군!"

폭신한 반의 털에 파묻혀 복슬복슬을 만끽했다. 그런데 엘렌의 등 뒤에서 검은 오라가 흘러나왔다.

"나의 엘렌을 빼앗다니……."

로벨이 엘렌이 드물게 어리광쟁이가 되었었는데…… 하고 분노를 드러내자 반은 움찔하고 떨면서 새파래졌다.

"아버지도 함께 만끽해요!"

엘렌이 조금 전과는 정반대로 얼굴 가득히 미소를 띠고 함께 복슬복슬을 즐기자고 재촉했다. 로벨은 깜짝 놀라 눈을 크게 떴다.

그러고는 엘렌과 함께 말이지? 하고 웃음 짓더니, 둘이서 반의 배를 베개 삼아 누웠다.

제9화 왕가와의 교섭

어느새 엘렌은 그대로 잠들어 있었다.

로벨은 반에게서 천천히 떨어졌다. 반이 왜 그러느냐는 시선을 보냈다.

'쉿…….'

로벨은 입가에 검지를 대고, 반에게 그대로 엘렌을 자게 두라고 부탁했다.

반은 알았다며 엘렌을 지키듯이 감쌌다.

그 모습을 확인한 로벨은 방에서 전이하여 문 앞으로 나갔다. 그러자 사용인들이 문 앞에 몰려들어 방 안을 몰래 살피고 있는 것이 보였다.

"무엇을 하고 있는 것이냐."

"……죄송합니다."

로렌이 헛기침을 하자 사용인들과 메이드가 재빠르게 흩어졌다.

아무래도 울고 있던 엘렌이 걱정되어 견딜 수가 없었던 모양이다.

"엘렌 님은 괜찮아지셨습니까?"

"그래, 이제 괜찮다."

"다행입니다. 그런데 주인님과 손님이 로벨 님을 기다리고 계십니다."

"그래, 지금 가지."

로벨은 로렌에게 재촉을 받으면서 응접실로 서둘러 갔다.

방으로 들어가자 사우벨과 가디엘, 호위들, 그리고 알베르트와 카이가 기다리고 있었다.

"기다리게 했군."

"형님, 엘렌은……."

"음, 울다 지쳐 잠들었다. 전하, 미안하지만 거래 이야기는 내일 해도 괜찮겠습니까?"

"아, 그래. 그건 상관없다."

"방은 저희 쪽에서 준비할 테니 부디 편히 쉬십시오."

로렌이 말하자 알겠다, 신세를 지지 라고 가디엘이 답했다.

"형님, 라필리아가 큰 잘못을 했습니다."

"정말이지. 너는 조금 더 가족과 시간을 보내는 편이 좋을 것 같구나."

"……드릴 말씀이 없습니다."

"좋은 기회다. 서로 제대로 이야기를 나눠."

"네……."

"그나저나, 전하. 라필리아가 받았다고 하는 편지는 보셨습니까?"

로벨은 소파에 앉아 가디엘에게 본론을 꺼냈다. 그러자 가디엘의 얼굴이 한눈에 알 수 있을 만큼 새파래졌다.

"역시로군. 그분은 그런 분이지."

로벨은 가디엘 일행의 모습을 보고 의심했던 대로라며 웃었다. 그러나 눈빛만은 차가웠고, 가디엘과 그 호위들의 등줄기에서는 식은땀이 흘러내렸다.

"라필리아를 납치한 남자들은? 그것도 폐하의 지시인가?"

"아닙니다! 그자들은 폐하와 관계없습니다!!"

호위인 라베가 필사적으로 변호했다. 하지만 로벨은 차갑게 받아쳤다.

"너희와 관계가 없다고 어떻게 증명할 셈이지? 편지가 왕가의 것이라 증명된 이상, 그쪽에서 손을 썼다고 생각하는 게 당연하지 않겠어?"

"…………."

가디엘 일행은 라필리아 유괴에는 왕가가 연관되어 있었다고 밝혀졌기 때문에 아무런 말도 하지 못했다.

가디엘은 라필리아에게 편지를 보내지 않았다. 하지만 라필리아가 갖고 있던 편지는 진짜였다.

반크라이프트가의 사용인과 메이드들은 무예에 능했다. 그것은 이 가문이 왕가의 오른팔이기 때문이었고, 그들이 가진 기술은 무예만이 아니었다.

왕가의 문장이 찍힌 편지가 위조품인지를 간파하지 못한다면 이 집안의 메이드로는 일할 수 없다.

메이드는 편지가 「진짜」라고 판단했기에 라필리아에게 전했던 것이다.

"폐하는 납치범들과 관계가 없다는 증거를 준비하고, 웃는 얼굴을 하고선 내가 오기를 이제나저제나 기다리고 있을 테지……."

로벨이 중얼거렸다. 그러자 가디엘이 무슨 의미인지 물었다.

"전하, 이게 폐하의 방식입니다. 그래서 나는 그분이 싫습니다. 자신의 아이조차도 장기말로 보는 그분의 방식이 말이지요."

가디엘은 신랄한 현실을 전하는 로벨의 말에 자신의 처지를 깨달았으리라.

"이것은 전하에 대한 시련이기도 할 테지요. 그분은 정말로 용의주도하군요."

로벨은 테이블에 놓여 있던 편지를 틱 손가락으로 튕겨 가디엘에게 날려 보냈다.

가디엘은 팔랑팔랑 떨어지는 편지를 보면서 입술을 깨물었다.

"전하, 엘렌과 교섭할 때 분명히 전했을 겁니다. 이 유괴에 왕가가 관련되었을 경우, 상응하는 각오를 하셔야 할 거라고."

그렇다. 그때 엘렌은 이미 상황이 이리될 것을 예측하고 있었던 것이다.

가디엘은 그 사실을 이제야 눈치채고 무심코 신음했다.

자신보다 네 살이나 어린 여자아이가 폐하의 교활한 의도를 빈틈없이 파악하고 있었다. 엘렌의 수완을 깨달았고 자신과 비교하지 않을 수 없었다.

"전하, 알아주십시오. 내 딸은 폐하와 대등하게 겨루고 있습니다."

로벨은 다리를 꼬고 편안한 자세를 취하며 여유로운 모습을 보였다.

내일 있을 교섭을 생각하고, 가디엘과 그 호위들은 로렌의 안내를 받으며 새파랗게 질린 채로 자리를 떴다.

사우벨은 소파에 앉아서 무거운 한숨을 내쉬었다.

엘렌 덕분에 영지는 조금씩이지만 순조롭게 윤택해지고 있었다. 그 은혜에 지나치게 의지했다는 것을 깨달았다.

반크라이프트가에 대한 왕가의 집착을 잊었다고는 생각하지 않았다. 하지만 눈앞에 로벨과 엘렌이 있었기에 왕가의 시선은 그쪽으로 향하겠다고 어딘가 안심하고 있었는지도 모른다. 사우벨은 모든 면에서 어리광을 부리고 있었던 것이다.

아리아와 라필리아에게 호위를 붙여둔 것만으로 안심하고 있었다. 라필리아에 관한 것도 전부 아리아에게 맡겨두고 있었다. 마음 한편으로 다 괜찮을 거라고 쉽게 생각하고 있었다.

사우벨은 모든 것은 자신의 오만함이 불러들인 일 같아 의기소침해졌다.

"……미안했다."

로벨이 옆에 있던 사우벨에게 사과했다. 놀란 사우벨이 번쩍 고개를 들었다.

"무슨 말씀입니까?"

"그 녀석들은 어떤 수를 써서라도 우리와 얽히려 들 거라는 걸 알고 있었으면서…… 네 딸까지 말려들게 해버렸다."

로벨은 엘렌을 사랑했다. 그러니 딸을 유괴당한 분노가 절절하게 이해되었다.

"아닙니다. 제가, 제가 형님과 엘렌에게 지나치게 의지해 방심하고 있었습니다……!"

사우벨의 말에 로벨은 놀란 얼굴을 했다.

"형님과 엘렌을 노리고 있다는 걸 알았으면서, 한편으로 저희는 괜찮을 거라고 믿고 있었습니다. 그 결과가 이 꼴입니다. 혼란스러워할 뿐, 제 손으로 라필리아도 찾아내지 못했습니다!"

"사우벨……. 너."

"얼마나…… 얼마나 한심한지……. 이런 상황이 되고서야, 라필리아가 얼마나 소중했는지 깨닫다니……."

사우벨은 양손으로 얼굴을 덮었다. 어깨는 떨리고 있었다. 잃게 될지도 모르는 상황에 빠지고서야 깨닫게 되리라고는 생각하지 못했던 것이리라.

로벨은 엘렌이 태어나기 전에 모든 것을 내던졌던 과거가 있었다. 그렇기에 자신을 지탱해주는 아내와 아이가 얼마나 소중한지 잘 알았다.

"사우벨, 지금부터라도 늦지 않아."

"……형님."

"어서 가봐라. 내일은 엘렌이 움직일 거다. 또 바빠질 거야."

로벨이 쓴웃음을 지으며 말했다. 그 말에 사우벨은 고개를 숙였다. 그리고 곧바로 라필리아와 아리아가 있는 곳으로 향했다.

방에 혼자 남은 로벨은 창밖으로 보이는 맑은 푸른 하늘을 올려다보았다.

엘렌은 그대로 반에게 기댄 채로 잠들어 버린 모양이었다. 눈을 비비면서 자신의 옆에 있었던 로벨의 모습을 찾았다.

"……아버지?"

방 안을 두리번두리번 둘러보았지만 로벨의 모습은 없었다. 조금 쓸쓸하다고 생각하면서 뒤를 보니, 반이 엘렌이 깼다는 것을 눈치 채고 방긋 웃고 있었다.

"안녕히 주무셨습니까. 공주님."

"반 군, 잘 잤어?"

어제는 그렇게나 슬프고 답답했던 마음이 로벨과 반 덕분에 완전히 풀렸다.

엘렌이 생긋 웃자 반도 안심한 듯 이마에 머리를 대고 부비더니 이마를 꽁 맞댔다.

"평소의 공주님이군요."

"미안해. 걱정을 끼쳤어."

"아뇨! 공주님이 사과할 필요 같은 건 없습니다. 그 계집애는 용서하지 않을 겁니다—!!"

반 안에서 라필리아는 적으로 자리 잡은 것 같았다.

"저, 저기! 반 군, 라필리아는 내 사촌이야."

"……사촌분이시라고요?"

"그래. 그러니까, 너무 적개심을 갖지 않았으면 좋겠어……. 나,

사우벨 숙부님을 정말 좋아하거든."

자신이 울어버려서 관계가 더 틀어져 버리는 것은 피하고 싶었다.

"우으으음…………. 선처하겠습니다."

'그 말은 일본인이 말하는 「싫습니다」가 아닌가요—?!'

어쩌면 좋지. 당황하고 있자 문이 찰칵 소리를 내면서 열렸다.

"어라? 잠자는 공주님은 일어나신 건가?"

"아버지, 좋은 아침이에요."

"좋은 아침. 내 공주님. 아침 식사가 준비되어 있는데, 어떻게 할래? 아버지가 준비 도와줄까?"

"혼자서 할 수 있어요!!"

흥 하고 화내자 로벨은 풀이 죽은 모습이었다.

엘렌은 로벨을 방에서 쫓아내고, 가슴께에 손을 대려다가 문득 깨달았다.

"……반 군?"

"앗! 네! 시, 실례했습니다!!"

반은 태어났을 때부터 함께여서 당연한 일이라는 생각으로 곁에 있었다. 하지만 그래도 엘렌 역시 그런 나이대였다. 엘렌은 침대 위에서 호랑이 모습인 채로, 시치미를 떼고 자리 잡고 있던 반을 쫓아내고 한숨을 내쉬고 앞섶을 풀었다.

그리고 속옷을 준비하고 메이드를 불러 함께 욕실로 향했다.

엘렌의 호위로서 선택된 반과 카이는 대기를 명령받아 복도에서

둘이 대치하고 있었다.

그 모습은 좋은 분위기가 아니었다. 빠직빠직 불꽃이 튈 듯이 서로를 노려보고 있었다.

반은 얼마 전까지도 사람 모습을 하고 있었다. 하지만 지금은 호랑이 모습으로 돌아와 있었다. 상대가 인간의 모습이 아니기 때문인지, 카이는 납득할 수 없는 마음에서 오는 적대감을 감추지 않고 있었다.

엘렌의 호위는 자신뿐이라고 생각했었다. 하지만 그것은 반도 마찬가지였던 모양이었다. 양보할 수 없다고 하는 의식에서 비롯된 것인지 서로의 시선에 힘이 실려 맞부딪치고 있었다.

카이는 엘렌과 처음 만났을 때 빤히 바라보는 그 눈동자에 순식간에 끌려 들어갔다. 일곱 빛깔로 빛나는 신기한 눈동자를 가진 신비한 소녀. 정령 공주라고, 카이는 이분을 지키겠다고 하는 긍지로 가득 찼었다. 무릎을 꿇고서 당신을 지키겠노라 맹세하지 않을 수 없었다.

그 긍지에 찬물을 끼얹듯이 나타난 반이라는 존재를 머리로는 이해했지만, 가슴속에 소용돌이치는 응어리는 오랫동안 개이지 않을 것만 같았다.

갑작스럽게 정령 호위가 붙는다고 들었을 때는 놀람과 말로 다할 수 없는 낙담에 휩싸였다. 하지만 카이는 이내 당연한 일이라고 이해했다.

반은 엘렌이 태어났을 때부터 한 시도 곁을 떠나지 않은 존재라고 들었다. 반을 바라보는 엘렌의 눈은 신뢰로 가득했다. 그 신뢰는 하루아침에 생겨난 것이 아니다. 그렇기에 선망의 시선으로 바라볼 수밖에 없었다.

"너 같은 애송이가 호위라고?"

카이는 무시하는 듯 코웃음 치는 반을 보며 울컥했다.

머리로는 자신이 호위로서도 미숙하고, 만난 지 얼마 안 되어 시험 중이라는 것 정도는 알고 있었다. 하지만 감정이 반사적으로 얼굴에 드러났다.

"저는 카이라고 합니다."

"흥."

카이는 애써 냉정하게 말했다. 하지만 반은 흥미가 없다는 듯이 휙 고개를 돌리고 문 옆에 엎드려 자려는 자세를 취했다. 카이는 그런 모습에 더욱 조바심을 느꼈지만 겨우 참았다.

카이는 기사탑 선배들에게 짜증 나는 일이 있어도 「일단은 심호흡을 하면서 10초 동안 참아라.」라는 말을 배웠다.

기사는 그 어떤 일에도 동요하지 않고 냉정해야만 한다. 게다가 반은 대정령이다. 평범한 사람으로서는 매우 황공한 존재였다.

카이는 다시 한 번 심호흡을 하고 입을 열었다.

"저로는 불만이십니까?"

"불만이라고? 불만투성이다. 애송이가 대체 뭘 할 수 있지? 로벨 님도 받아들이지 못하고 계시지 않았나?"

분명 대정령이 보기에 카이 따위는 무력한 한 명의 어린아이에 지나지 않았다. 하지만 카이는 이 인간계 안에서 사람으로서 선택된 것이다.

무엇보다 엘렌과 나이 차이가 많이 나지 않는다고 하는 이유도 있었다. 엘렌은 사정이 있어 사촌인 라필리아와 만나지 않고 있었다. 당주인 사우벨이 또래 친구가 적으니, 꼭 친구가 되어주길 바란다는 말을 했었다. 여기에서 물러설 수는 없었다.

"저는 대정령인 분과 함께할 수 있어 영광입니다."

"......"

반이 이쪽을 힐끔 보았다. 조금 전까지 서로를 노려보고 있었으니, 자신이 생각해도 속 보이는 거짓말 같았다.

"저는 정령계에는 갈 수 없으니, 당신이 엘렌 님을 지키는 것은 당연한 일이라고 생각합니다."

"물론이다."

반이 우쭐하면서 그렇다고 가슴을 펴자 카이는 말을 이었다.

"하지만 제가 호위를 부탁받은 이곳은 인간계입니다. 대정령 같은 분이 이곳에 있는 것은 드문 일입니다."

"그게 어떻다는 거지?"

무슨 문제라도? 라고 말하면서 반이 카이의 의견을 들으려 하자 카이는 내심 안심했다. 기사탑 안에서는 상대가 귀족이거나 나이 차이가 조금만 나도 아랫사람의 말 같은 것에는 귀를 기울이려 하지 않는 사람이 대부분이었기 때문이다. 말을 들어주려고 하는 것만으로도 매우 긍정적이었다.

"인간계에는 인간의 관례와 관습이 있습니다. 자유롭지 못한 부분도 있을 테죠. 당주님께 도움이 되라는 분부를 받았습니다."

"……흐음."

반은 그도 그렇겠다고 여기는 듯했다. 카이는 지금이라고 생각했다.

"엘렌 님을 지키고 싶다는 마음은 같습니다. 부디 잘 부탁드립니다."

카이는 악수를 하려고 오른손을 척 내밀었다. 하지만 반은 그 의미를 알지 못하는 것처럼 보였다.

"……이건 뭐 하는 것이냐?"

"아, 이건 잘 부탁드립니다 라는 인간의 인사입니다."

"인간의 인사?"

"그렇습니다. 인간의 관습입니다."

반이 어째서 인간의 관습 같은 걸 흉내 내야 하지 중얼거렸다. 그러자 카이가 곧바로 사람의 모습을 하실 거라면 기억해두시는 편이 좋을 겁니다 라고 대꾸했다.

그러자 반은 떨떠름한 태도로 카이의 손 위에 왼손을 퐁 올렸다.

오른손으로 악수하는 거라는 설명은 듣지 못했다. 게다가 반은 호랑이였다. 커다란 젤리가 달린 손은 카이의 손에 말캉하고 부드러운 감촉을 전달했다. 말랑말랑이다. 카이의 눈이 활짝 크게 떠졌다.

"응?!"

반은 깜짝 놀랐다. 카이는 올려진 반의 손을 양손으로 꽉 잡더니, 아무 말 없이 주무르기 시작했다.

"이, 이봐……."

"…………대단해."

칭찬을 받았다는 것은 알겠지만 이것도 인사라고는 생각할 수 없었다.

그보다도 엘렌이 자주 「젤리 말랑말랑~~!」 라고 말하며 기뻐하면서 손을 주무르던 행동과 똑같았다.

사람에게 반의 이 손은 매우 매력적인 듯했다.

"그만두지 못하겠나!"

손을 탁 튕겨내자 카이가 아쉽다는 듯한 표정을 지었다.

그 얼굴을 본 반은 예상대로였군 생각하면서 소리쳤다.

"내 젤리는 공주님 것이다!!"

반이 크르릉 거리면서 외치자 카이는 곧바로 대꾸했다.

"아뇨, 이게 인간계의 인사입니다."

"거짓말 마라!!"

"정말입니다."

자, 다시 한번. 카이가 진지한 얼굴을 하고서 오른손을 내밀자 반은 다시 그 손을 탁 쳐냈다.

한동안 그런 다툼을 계속하는 두 사람의 모습을 몰래 지켜보던 자가 있었다. 로렌이었다.

로렌은 자존심 강한 반과 카이가 잘 지낼 수 있을지 조금 걱정하고 있었다. 하지만 이 모습을 보니 괜찮을 것 같아 웃었다. 하지만

두 사람은 다툼에 정신이 팔려 그 사실을 깨닫지 못했다.

엘렌은 목욕을 마치고 머리 손질을 메이드에게 맡긴 동안 드레스용 옷장을 열어달라고 부탁했다. 그곳에는 이자벨라와 로렌이 지나치다 싶게 준비해둔 옷이 쭉 걸려 있었다.

드레스만이 아니다. 광산에 갈 때 입을 슬랙스 타입의 옷도 이렇게나? 싶을 만큼 늘어나 있었다.

옷장을 열 때마다 옷이 늘어나는 것 같은 착각이 드는 것은 기분 탓일까? 그러다 옷장 자체가 늘어난 것을 깨닫고 현실 도피를 하고 싶어졌다.

"엘렌 아가씨, 오늘은 어떤 옷으로 하시겠습니까?"

"일단 아침용으로 부탁해요……."

귀족은 참으로 성가시다. 어째서 하루에 몇 번이나 드레스를 갈아입어야만 하는 것인지 알 수 없었다.

아직 체격이 작아서 코르셋 같은 것이 준비되지 않은 것만은 다행이라고 생각했다.

엘렌은 옷을 갈아입고 복도에서 기다리고 있을 로벨을 향해 오래 기다리셨죠? 하고 말을 걸었다.

들어갈게 하는 대답이 들려오고 찰칵 문이 열렸다. 그곳에는 인간의 모습이 된 반과 카이도 함께 있었다.

"미인이 됐는걸."

로벨에게 오늘도 귀엽다는 말과 함께 뺨에 뽀뽀를 받았다. 엘렌도 로벨의 뺨에 입을 맞추었다.

"엘렌 님, 좋은 아침입니다."

"카이 군도 좋은 아침이에요."

방긋 웃자 카이도 안심한 얼굴을 했다. 혹시 카이에게도 걱정을 끼친 것인가 싶어 조금 멋쩍은 기분이 들었다.

하지만 어제 일을 다시 꺼내는 것은 대미지가 크다. 스스로 폭로할 필요는 없겠지. 바로 화제를 돌렸다.

"카이 군은 이미 식사를 했나요?"

"아니요, 아직 먹지 않았습니다."

"그럼 함께 먹어요!"

"네? ……저기, 그건…….."

엘렌이 신나서 제안하자 로벨에게 제지를 당했다.

"엘렌, 호위는 별실에서 대기하며 먹는 거란다."

"에이……."

엘렌이 실망하는 모습을 보였다. 하지만 로벨은 이것만은 어찌할 수 없다며 쓴웃음을 지었다.

귀족이라는 것은 정말로 성가시다. 정령계에서 자유롭게 지냈던 만큼 인간계의 규칙은 가끔씩 너무 싫었다.

"그럼 나중에 봐!"

바이바이 하고 손을 흔들면서, 로벨과 손을 잡고 식당으로 향했다. 등 뒤에서는 카이가 고개를 숙이고 있었다.

반은 함께 따라오려고 했지만 카이에게 붙들렸다.

둘은 등 뒤에서 뭔가 말다툼을 하고 있다. 로벨은 대정령에게 겁을 내지 않는 태도에 쓴웃음 지었다.

"걱정하지 않아도 괜찮아. 저 둘, 이러쿵저러쿵해도 사이가 좋은 모양이야."

"네? 그런가요?"

엘렌이 의외란듯 놀라자 로벨도 그 말에 동의했다.

"싸울 정도로 사이가 좋다는 그거려나?"

"아닐 거라고 생각해요."

자세한 이유를 물어보자, 카이는 어제 반의 마법이 얼마나 유능한지를 보고 반을 치켜세워 주며 이야기를 시작한 모양이었다.

하지만 정령이기에 인간계에서는 통용되지 않는 것이 있다. 카이는 반에게 그 점을 지적하고 서로 협력해 나아가자고 했단다.

"……카이 군, 대단하네요."

아직 열세 살인데 상대의 체면을 세워주면서 대화를 이끌어 내다니. 간단히 할 수 있는 일이 아니었다.

"어릴 때부터 알베르트와 함께 기사단 부속 연습소에 드나들었으니까. 그런 상하 관계는 익숙한 모양이었어."

엘렌이 눈을 깜빡이면서 로벨과 함께 식당으로 향했다. 세계가 달라도 상하 관계를 따지는 것만은 똑같구나 납득했다. 철저하게 교육을 받았겠구나.

식당에 도착하자 이미 사우벨과 가디엘 일행은 식사를 마친 상태였다.

"식후에 전하와 이야기를 나누게 될 텐데, 괜찮겠니?"

"네, 괜찮아요."

"함께하는 건 나와 사우벨, 그리고 로렌이야."

"알겠어요."

느긋하게 식사를 하면서 앞으로의 예정을 이야기했다.

"전하도 저택에서 묵으셨군요."

"아, 뭐 일단은. ……사우벨이 숙소의 문을 부쉈으니까."

"앗."

엘렌이 그러고 보니 그 숙소의 문은 어떻게 처리했을까 생각했다. 그러자 옆에서 대기하고 있던 로렌이 수리할 사람을 보냈다며 웃는 얼굴로 가르쳐 주었다.

엘렌과 로벨은 소식하기 때문에 식사를 조금만 준비해달라고 부탁했었다.

요리사 쪽에서는 조금밖에 먹지 않는 엘렌과 로벨에게 신경을 썼는지, 식사를 할 때마다 한 가지 요리가 매우 호화롭게 나왔다.

요리사가 드실 수 있는 음식이 무엇입니까? 하고 물었을 때, 특별한 생각 없이 푸딩을 만드는 법을 설명한 적이 있었다. 요리사는 그 설명만으로도 푸딩을 훌륭하게 재현하는 데 성공했을 정도의 실력을 갖고 있었다.

푸딩은 모두가 크게 칭찬할 정도로 대인기였다. 하지만 설탕이 비싸서 자주 먹을 수가 없었다.

하지만 찜 요리는 몸 상태가 안 좋아도 먹을 수 있겠다 싶은 생각이 들었다. 수프에 달걀을 섞어 찐 달걀찜 같은 것을 만들어 치료원에 보냈더니, 만드는 법이 빠르게 퍼져갔다.

"그러고 보니 전하가 이 푸딩에 놀라셨지."

"맛있으니까요!"

"만드는 법을 가르쳐 달라고 했다더라."

"어머~."

"어떡할래?"

"그냥 가르쳐줄 수는 없죠."

엘렌이 싱긋 웃자 로벨도 싱긋 웃었다.

*

엘렌과 로벨은 식사를 마치고 사우벨의 서재로 향했다.

그곳에서는 이미 사우벨과 가디엘 일행이 기다리고 있었다.

"여러분, 안녕하세요."

인사를 하면서 방 안으로 들어가자 모두가 일어서서 인사를 해주었다.

로벨이 이리 오렴 하고 재촉해서 전하의 맞은편, 조금 떨어진 위치에 앉았다. 의외로 흄도 동석해 있었다.

"어제는 협력해주셔서 감사했습니다. 덕분에 무사히 라필리아가 돌아왔습니다."

"아, 아아……."

엘렌의 말에 가디엘이 겨우 대답을 했다. 그들의 안색은 나빠 보였다. 그렇다. 라필리아 유괴에 왕가가 관여했다는 사실을 알았기 때문이다.

"전하, 이 편지가 전달된 이유를 가르쳐주시겠어요?"

"그, 그건……."

"전하는 이 편지를 어찌 생각하세요?"

"……."

"이 편지에는 이렇게 쓰여 있어요. 『임무를 받아 반크라이프트령에 가게 되었다. 괜찮다면 만나지 않겠는가?』라고."

편지에는 임무에 지장이 생길 수 있으니 가능한 한 혼자서 와주었으면 한다는 내용과 며칠쯤에 도착한다는 내용이 아주 상세하게 적혀 있었다.

"이 봉랍에 찍힌 인장이 왕가의 것이라는 사실은 아시겠죠? 그리고 이 편지의 내용……. 보낸 사람은 이미 특정을 마치셨겠죠?"

"……임무의 자세한 내용을 이렇게까지 세세하게 쓸 수 있는 건 폐하밖에 없어."

"맞습니다. 편지를 주고받는다는 사실만을 아는 사람이라면 이렇게까지 상세한 지정은 할 수 없을 거예요. 라필리아는 폐하의 지시에 따라 납치되었다. 이게 저희의 생각이에요."

"하지만, 우리는……."

"몰랐다고 말씀하시고 싶으신 거죠? 그건 알고 있어요. 하지만 이것은 저희 가문과 왕가의 문제라고 생각하지 않으세요?"

"……그래. 그렇지."

"이해해주시니 영광입니다. 그럼, 약속은 했으니 일단 약에 관한 화제로 옮겨가죠."

본론으로 들어가자 가디엘 일행이 긴장하는 것이 느껴졌다. 사우벨과 로벨은 엘렌에게 맡긴 채 입을 다물고 있었다.

사우벨도 말하고 싶은 것이 있으리라. 결국은 왕가의 음모 때문에 라필리아를 납치당한 것이나 마찬가지였다.

하지만 라필리아는 사건이 벌어지기 전부터 처신에 문제가 있었다. 그래서 사우벨도 강하게 나설 수 없었다.

"지금까지의 상황을 바탕으로, 약의 상세한 정보를 왕가에 전달하는 것은 불가능하게 되었어요."

"그런?!"

"하지만 약은 약속대로 전하께 드리겠습니다. 그것을 조사하든 환자에게 주든 마음대로 하세요. 그리고 조건에 따라서는 앞으로도 약은 넘기도록 할게요."

"……조제법을 알려줄 수는 없는 건가?"

"가르쳐드릴 수는 없어요."

"……엘렌."

"신용 문제입니다."

"……윽."

"게다가 가르쳐 드려도 이해할 수 없으실 거예요."

"그게 무슨 뜻이지⋯⋯?"

"인간계에서 이 약을 만드는 것은 불가능해요."

"뭐라고?!"

"그렇다고 해서 정령계에 사는 정령이라면 만들 수 있는 것이냐 한다면, 그것도 또한 불가능해요. 정령과 인간의 구조는 근본적으로 다르니까요."

"그럼 그 약은 대체 뭐지⋯⋯?!"

"그건 가르쳐드릴 수 없어요. 정령에게 시험 삼아 물어보세요."

엘렌이 흄과 그 정령은 그것을 위해 데려온 것이 아니냐는 의미로 말하자, 흄이 머뭇머뭇 나섰다.

"아버지, 약을."

"자, 받게."

흄은 항생제 두 알을 건네받고 애슈트를 불러 약에 관해 조사하게 했다.

『큐우? 큐?』

애슈트가 고개를 갸웃거리자 흄은 조바심을 냈다.

"애슈트, 모르겠니?"

『휴, 이거 인간계에 없어.』

"뭐?! 그럼 정령계의 약이야?"

『정령은 약 같은 거 안 먹는데?』

"그럼⋯⋯ 재료는 정령계에 있는 거야?"

『……아니라고 생각해. 애슈트는 본 적이 없어.』

애슈트가 큐? 하고 고개를 갸웃거렸다. 그 모습에 흄은 영문을 알 수 없어 혼란스러워했다.

"약은 이쪽에서 준비할게요. 인간계에서 그것을 만드는 건 불가능합니다. 그저 그뿐이에요."

"그런……."

"지금 건네드린 그 약은 항생제. 병의 원인을 죽이지만 동시에 몸속에 있는 힘의 근원까지도 가리지 않고 죽이는 약이에요. 병의 원인이 사라질 때까지 계속 복용해야하죠. 하지만 그 대신에 체력이 매우 떨어지게 돼요. 그런 것을 부작용이라고 하죠. 병의 원인에는 종류가 있는데, 증상을 보고 치료사가 그것을 판단해서 각종 약을 처방하는 거예요."

엘렌이 약에 관한 설명을 시작하자 가디엘 일행은 순간 놀랐지만, 이내 정신을 가다듬고 이야기에 귀를 기울였다.

"약을 다룰 때의 주의사항, 그리고 앞으로의 위생 관리를 철저히 지켜주세요. 약이 있어도 예방하지 않으면 공급이 따라가지 못할 거예요."

엘렌은 이미 이 약은 인간계에서는 만들 수 없다고 선언했다. 가디엘 일행은 약이 더 귀중해지자 눈에 보일 만큼 초조해했다.

'라필리아를 수단으로 삼아 약에 관해 캐내려 했다면 얼마든지 편승해드리지요. 하지만 폐하, 얕보시면 곤란해요. 이렇게 마음대로 휘저어놓고서 약이 쉽게 손에 들어올 거라고는 생각하지 말아주세요.'

엘렌이 그런 생각을 하고 있었더니, 로벨이 옆에서 빤히 바라보는 시선이 느껴졌다.

"엘렌이 뭔가를 꾸미고 있네."

"새삼스럽게 무슨 말씀이세요. 아버지."

사우벨이 엘렌과 로벨의 곁에서 그 말을 듣고 어째선지 가디엘 일행과 함께 창백해졌다.

가디엘 일행은 창백해진 채 한마디도 하지 않았다. 그런 그들을 앞에 두고 엘렌은 치료사인 흄을 향해 이야기를 계속했다.

"흄 씨. 약의 취급법 같은 것들을 저택 치료사에게 들어주겠어요? 잘못 취급하면 약은 독이 되니 주의해주세요."

"아, 네……."

흄은 안절부절못하면서도 대답했다.

"할아범, 안내를 부탁드려요."

"알았습니다. 흄 님, 이쪽으로 오시지요."

약의 취급법은 이것으로 되었다. 엘렌은 이야기를 더욱 분명히 해두고자 다시 가디엘 쪽을 바라보았다. 시선이 마주치자 가디엘은 조금 겁을 먹은 듯 보였다. 그 모습에 어쩐지 마음이 아팠다. 하지만 엘렌은 여기서 무르게 굴면 안 된다고 마음을 다잡았다.

"전하. 약속을 했으니 처음 한 번은 약을 드리겠습니다만, 다음 약에는 금품을 요구하겠습니다."

"뭐……?"

"약의 조제에 필요한 자금원이에요. 만드는 양을 늘리려면 일손도 필요해지지요. 당연한 얘기죠?"

이것은 거래라고 특별히 강조했다.

엘렌의 겉모습만 보고 멋대로 판단을 하고 있었을지도 모른다. 로벨과 사우벨이 엘렌의 대화에 끼어들지 않는 것은 그럴 필요가 없기 때문이라고 강조해둘 필요가 있었다.

"……미안하지만, 그 점에 관해서는 폐하께 판단을 여쭙고 싶군."

"상관없습니다. 다만 납득할 수 있는 거래를 기대하고 있다고 폐하께 전해주세요."

"……전달하지."

약에 관한 이야기도 일단 마무리되었지만, 문제는 아직 남아 있었다.

"그럼, 이야기를 처음으로 되돌리죠."

"뭐……?"

"라필리아를 납치한 자들은 반크라이프트가가 처리하도록 할게요."

"잠깐! 그건 안 돼!!"

호위 중 한 명이 목소리를 높였다. 왕가가 연관되었음을 증명할 가능성이 있는 자들을 그냥 놓아줄 수는 없었다.

엘렌은 그런 것쯤 뻔히 보인다는 듯이 싱긋 웃었다.

"어머, 여러분이 말씀하시지 않았던가요? 이자들은 왕가와 관계가 없다고."

"……윽!!"

"아버지에게 이자들을 폐하께 넘겨도 관계가 없다는 증거를 이미 준비해두었을 것이라고 들었습니다. 그렇다면 더더욱 왕가와는 아무런 관계가 없는 것이 뚜렷해지지 않겠어요? 그러니 문제없을 테지요?"

"무슨……."

호위들은 놀라서 눈을 깜빡였다. 가디엘도 막다른 곳에 몰렸다는 사실을 절절하게 깨달았다. 그래서 무슨 말을 하면 좋을지 판단할 수 없게 된 모양이었다. 말해봤자 전부 맞받아치리라고 생각한 것이리라.

"제가 미리 말씀드렸을 텐데요. 상응하는 각오를 하시라고요."

가디엘 일행은 꿀꺽 마른침을 삼켰다.

"전하, 폐하께 전달해 주세요. 저희 가족에게 손을 댄 것을 후회하시라고."

"아……."

"이야기는 이상이에요. 그럼 약을 가져올 테니 그대로 잠시 기다려주세요."

"자, 잠깐 기다려!"

가디엘이 급하게 무엇인가를 말하려 했다.

엘렌은 왜 그러세요? 하고 여유롭게 답했다.

가디엘은 손에 땀이 배어 나올 정도로 무엇인가를 생각하고 있었다. 엘렌이 다시 재촉하자 이야기를 나누겠다 약속하지 않았느냐는 말을 꺼냈다.

"……여기서 말씀이세요?"

"지금 여기서 하지 못하면, 나는 너와 앞으로 이야기를 하지 못하게 될 것만 같아……."

가디엘의 예상은 정확했다.

엘렌은 가디엘이 무슨 말을 하고자 하는지 알고 있었다. 그래서 다른 사람들에게 방을 나가 달라고 부탁했다.

"단둘이서 이야기할 셈이니? 그냥 이대로 하지 그래?"

로벨은 누가 봐도 불만스러운 표정이었다. 단둘이 둘 수는 없다고 미간에 주름을 잡았다. 엘렌은 그 모습에 쓴웃음을 지으며 아버지 부탁드려요 하고 고개를 숙였다.

떨떠름하게 방을 나서는 로벨의 뒷모습을 지켜보고, 호위들도 차례차례 방을 나갔다.

엘렌은 문이 탁 닫히자 가디엘을 똑바로 바라보며 대치했다.

"……엘렌, 우리는, 왕가는 정령에게……."

"전하는 왕가의 사람입니다."

엘렌은 가디엘의 말을 자르면서 이야기했다. 가디엘은 말을 차단당해서 눈이 동그래졌다.

"왕가의 선조님은 해서는 안 될 일을 하셨어요. 하지만 전하는 선조님의 마음도 왕가의 일원으로서 이해하고 있을 거예요."

"……맞아. 하지만, 우리는 해서는 안 될 짓을 했어!!"

"이해하고 계신다고 한다면 더더욱 사죄해서는 안 되세요."

"……어째서지? 어째서 그런 말을 하는 거야?!"

"당신의 선조님은 후회 같은 건 하지 않으셨으니까요."

엘렌이 똑바로 가디엘을 쳐다보며 말했다. 가디엘은 숨을 삼켰다.

"후회해서는 안 되겠죠. 방법이 무엇이든, 그것은 왕가의 사람으로서 몬스터 템페스트에서 백성들의 목숨을 구한다고 하는 목적을 위해 취한 행동이기 때문이에요……."

엘렌은 얼굴을 찌푸렸다. 방법은 틀렸다고 해도, 왕가가 어째서 그러한 행동을 하고 말았는지를 이해하지 못하는 것은 아니었다. 그들도 궁지에 몰려 있었던 것이리라.

엘렌도 지금을 사는 정령으로서, 그 슬픔을 승화하는 것은 할 수 없었다.

"그것은 왕가의 사람들에게는 과거의 일……. 하지만 영구히 살아가는 우리 정령들에게 있어서는 어제의 일이나 마찬가지에요."

엘렌은 사죄한다고 해서 용서할 수는 없다고 가디엘에게 선언했다.

"하지만, 나는……!"

가디엘은 왕가의 인간으로서 사죄해서는 안 된다는 말을 들은 이상, 엘렌에게 용서를 구할 수도 없게 되었다.

그토록 하고 싶었던 말을 힘겹게 억누르고 있었다. 그 모습에 눈물이 날 것만 같았다.

엘렌은 가디엘과 라스엘의 말을 그 비석 뒤편에서 줄곧 듣고 있었던 것이다.

하지만 엘렌은 정령으로서, 여신의 딸로서, 가디엘과 이야기하지 않으면 안 되었다.

"전하, 저는 분명히 충고 드렸어요. 각오하시라고."

"……그래."

"앞으로 왕도는 혼란에 휩싸일 거예요."

"뭐?!"

엘렌이 말에 가디엘은 눈을 부릅떴다. 그것은 예언이라고도 할 수 있는 말이었다.

"폐하도 그 저주의 목소리를 들으셨을 거예요. 그런데도 제 가족에게 손을 대셨죠."

"……윽."

"이것은 마지막 경고입니다. 폐하에게 전해주세요. 더는 우리에게 필요 이상의 접촉을 하지 마시라고."

"그러면…… 나는, 나는……."

가디엘은 주먹을 움켜쥐었다.

엘렌은 그 모습을 모른척했다. 그리고 더는 할 이야기가 없다고 말했다.

"엘렌!"

가디엘의 가지 말라고 잡으려 하는 말을 무시하고, 엘렌은 방을 나섰다.

엘렌이 방에서 나간 후, 혼자 남겨진 가디엘은 입술을 깨물고 있었다.

왕가의 사람으로서의 입장, 정령의 저주의 목소리. 그 틈에 갇혀 있으면서도 너무나도 바라는 일이 있었다.

"나는 그저 너와 이야기가 하고 싶을 뿐이야……."

엘렌의 웃는 얼굴이 보고 싶다. 자신을 향해 웃어주길 바란다. 별것 아닌 이야기를 하며 함께 웃고 싶다. 그저 그것뿐인데.

"그것조차도 허락되지 않는 건가……."

선조의 죄와 왕가로서의 입장, 그리고 자신의 기분 사이에 갇힌 가디엘은 자신의 가슴께를 꽉 움켜쥐었다.

*

가디엘은 성으로 빠르게 돌아가 왕에게 보고를 올렸다.

가디엘의 모습에 라비스엘은 만족스러운 미소를 지었다.

"오호, 생각 이상으로 괜찮은 얼굴이 되었구나."

라비스엘은 가디엘의 표정을 보며 웃었다.

가디엘은 그 모습에 짜증을 느끼면서 사건의 전말을 보고했다.

"……약을 가지고 돌아온 것은 좋게 평가해주마. 하지만 그것은 엘렌의 온정이라는 것 정도는 알고 있겠지?"

"네."

"로벨과 엘렌이 함께 오지 않았다는 건, 간파당했나 보군……. 아쉽게 됐어."

"아바마마!!"

가디엘은 짜증을 참지 못하고 무심코 언성을 높였다. 그 모습에 왕비가 옆에서 상황을 지켜보고 있다가 놀랐다.

"엘렌에게 부탁받은 말이 있습니다."

가디엘은 엘렌의 전언을 한마디도 빠짐없이 그대로 전했다. 그러자 폐하의 표정이 순식간에 사나워졌다.

"……그런가. 엘렌의 역린을 건드리고 만 것인가."

라비스엘의 중얼거림은 한순간이었다.

"근위병! 지금부터 왕도의 입국을 제한하도록 수문장에게 전하라!!"

라비스엘이 마치 개전 선언을 하듯 갑자기 사람이 변해버리자 옆에 있던 왕비도 가디엘도 깜짝 놀랐다.

"지금 당장 대기하고 있던 치료사를 모조리 모아라!"

갑작스레 긴박해진 상황에 신하들은 허둥지둥거렸다.

"왕비는 아이들을 데리고 변경으로 향하시오. 왕도에 있어선 아니 되오."

"여, 여보?! 대체 무슨 일인가요?"

라비스엘은 당황하는 왕비를 향해 미소 지어 보이며 말했다.

"반크라이프트가를 적으로 돌리고 말았소. 지금부터 보복이 시작될 거요."

"무슨 말이죠?!"

"내가 엘렌을 잘못 파악했소. 어느 정도 예측은 했지만, 착한 여자아이라고 생각하며 얕본 대가요."

웃는 라비스엘의 모습에 모두들 당황했다. 이 나라 제일의 무력을 자랑하는 가문을 적으로 돌리고 어떻게 웃을 수 있는 것일까?

"가디엘, 엘렌에게 받은 약의 양은?"

"네 종류의 약을 각각 두 병씩 받았습니다. 그래도 수가 꽤 되는 듯 보였습니다만……."

하지만 그 말을 흄이 부정했다.

"아룁니다! 그 약에 관해 말씀드릴 것이 있습니다!"

흄은 그 약은 한 사람이 하루에 두 번에서 세 번, 그리고 최소한 사흘은 계속해서 복용해야 한다는 지시를 받았다고 말했다.

그 말을 들은 라비스엘은 미간에 주름을 잡았다.

"……터무니없이 부족하군."

라비스엘의 모습을 본 주변 사람들은 곤혹스러워했다. 대체 무슨 일이 벌어지고 있는 것인가. 앞으로 일어날 일을 아무것도 알 수 없어서 그저 굳어져 있었다.

"왕도는 지금부터 병을 가진 자들로 넘쳐나 혼란에 빠질 것이다. 입국을 제한할 수밖에 없지만, 거기에 반감을 갖겠지. 반크라이프트가에서 건네받은 약은 적다. 자칫하면 폭동이 일어날지도 모르겠다."

라비스엘이 담담하게 중얼거리자 다들 귀를 의심했다.

가디엘은 엘렌의 말을 다시 떠올렸다. 「앞으로 왕도는 혼란에 휩싸일 거예요.」라고 했었다.

"훌륭하군. 이 정도일 줄이야."

라비스엘이 큭큭큭 하고 웃었다. 주변에서는 아무런 말도 할 수가 없었다.

그저 가디엘만이 로벨에게 들었던 말을 떠올리고 있었다. 「이것은 전하에 대한 시련이기도 할 테지요.」라는 말을.

"폐하."

라비스엘은 가디엘의 말을 듣고 고개를 들었다.

"함께하겠습니다."

그렇다. 이것은 왕가의 사람에게 주어진 시련인 것이다. 가디엘은 앞을 바라보았다.

"그래, 정말로 괜찮은 얼굴이 되었구나."

아버지로서, 왕으로서, 자신을 향한 기대로 가득한 미소 띤 얼굴을 가디엘은 뇌리에 새겼다.

*

엘렌은 라필리아를 유괴했던 자들을 풀어주었다. 다만 조건을 붙여서.

사우벨은 물론 반대했다. 하지만 엘렌의 차분한 태도에 당황했는지 점점 목소리가 약해져갔다.

"당신들이 이 나라에 남기를 바란다면, 그 목숨은 보장할 수 없어요. 왕가가 당신들을 주목하고 있을 테니까요. 게다가 숙부님이 당신들을 살려둘 거라고도 생각할 수는 없죠."

엘렌의 말에 다섯 명의 납치범들은 새파래졌다.

"하지만 지금부터 제가 하는 말을 제대로 해낸다면 국외 추방 정도로 끝날 거예요."

남자들은 싱긋 웃는 소녀를 보며 자신들이 대체 어떤 아이를 납치하려 했던 것인가 하며 안색이 창백해졌다.

남자들을 풀어주자 비명을 지르면서 뿔뿔이 흩어져 도망갔다.

엘렌은 아무런 말도 않고 있는 사우벨에게 앞으로의 일을 부탁했다.

"숙부님, 지금부터 이 나라는 혼란에 휩싸일 거예요."

"……무슨 말이니?"

"저는 저 유괴범들에게 소문을 퍼뜨리며 국외로 도망치라고 명령했어요. 그 소문은 약에 관한 것이에요."

반크라이프트령에서 처방되었던 얼마 안 되는 약을 왕가가 빼앗아 갔다고.

"왕가에는 이 가문의 사람에게 손을 댄 것을 후회하게 해줄 거예요."

사우벨은 엘렌이 한 말의 의미를 깨닫고, 조금 전의 그 남자들과 마찬가지로 안색이 창백해졌다.

"폐하의 수완이 나쁘면 왕가는 멸망할 테지요. 뭐, 그 속 시커먼 분이라면 괜찮을 거라고 생각하지만요."

"엘렌……."

"숙부님. 한 번 있었던 일을 용서해서는 안 됩니다. 왕가의 사람을 기어오르게 할 뿐입니다."

"하지만…… 그건……."

엘렌은 말끝을 흐리는 사우벨을 향해 쓴웃음을 지어 보였다.

"숙부님. 영지로의 출입을 제한해주세요. 새로운 환자가 찾아와도 약은 왕가가 가져갔다고 말해주세요."

"……."

"약을 가져오는 저에 관한 소문이 돌 테지만, 약을 만들기 위해 아버지와 함께 재료 조달을 하러 갔다고 퍼뜨려주세요. 아버지와 저는 한동안 정령계로 돌아가 있겠습니다. 영지에서 쓸 약은 가끔 아버지께 전해 보내드릴 테니 안심하세요. 왕가에는 약의 대가로 금품을 요구하며 교섭을 했습니다만, 반성하게 하고 싶으니 당분간은 이대로 상황을 보도록 하죠."

"엘렌…… 미안하구나……."

전부 엘렌에게 맡기고 있었다. 사우벨은 고개를 숙였다.

"이것은 어떤 의미에서 정령인 저와 왕가의 집착 때문에 벌어진 일입니다. 신경 쓰지 말아주세요."

"미안하구나…… 미안해……."

사우벨은 엘렌을 꼭 끌어안았다. 엘렌은 사우벨의 등을 꼭 안으며 이 방법밖에는 없었다고 사과했다.

＊

정령계로 돌아와 수경으로 왕도의 모습을 지켜보았다.

왕도의 일촉즉발 상황에 휘둘리는 가디엘을 줄곧 보고 있었다.

"……엘렌."

오리진이 뒤에서 말을 걸어오더니, 등 뒤에서 꼭 끌어안았다.

"괴로웠지······? 하지만 엘렌의 판단은 틀리지 않았어. 도를 넘은 속 시키면 그 사람이 나쁜 거야. 엘렌은 나쁘지 않아······."

오리진이 머리를 쓰다듬으며 말했다. 그러자 엘렌은 더는 참을 수 없었는지 오열했다.

"우웃······. 우으으······."

참지 못한 눈물이 뚝뚝 흘러내렸다.

엘렌은 앞으로 서로의 입장을 확실히 하기 위해 가능한 일을 했다고 생각한다.

하지만 어째서 이렇게나 가슴이 아픈 것일까.

"나와 로벨의 딸은 아주 착한 아이인걸. 하지만 아주 총명한 아이지. 내 자랑인 아이야."

다정한 어머니의 목소리에, 틀리지 않았다고 생각할 수 있었다. 하지만 그와 동시에 슬픔에 휩싸였다.

"어머니······."

"인간과 정령 사이에 서게 해서 미안해······. 하지만 때로는 냉혹해지는 것도 너를 위한 일이란다······."

알고 있다. 알고 있을 터였다. 자신은 「정령」이라고.

하지만 언제까지고 눈물은 멈추지 않았다.

그 후로도 엘렌은 수경을 통해 왕국의 상황을 지켜보고 있었다. 왕도는 더할 나위 없는 혼란에 빠졌다.

반크라이프트령에서 환자에게 나눠주던 약은 「신의 약」, 「정령의 은혜」 라고 불렸고, 약을 받기 위해 환자들이 밀려들었다.

그런 중에 반크라이프트가의 영애가 약을 원한 나머지 사리 분별을 잃은 자들에게 유괴당하는 사건이 일어났다.

영애를 구해준 것이 약에 관한 조사를 나와 있던 왕가의 사람이라는 소문이 퍼졌다.

사우벨이 숙소의 문을 차 부수고 소리치던 그 목소리는 숙소에 있던 자들에게 충분히 들렸었다. 때문에 그 신빙성은 더욱 높아졌다.

이후 왕가의 사람은 보수로 얼마 남지 않은 약을 요구했고, 영주는 그것을 승낙할 수밖에 없었다고 한다.

약을 기다리던 자들은 이야기를 듣고 격노했다.

영주의 딸이 유괴된 것도 분명 약 때문이었지만, 얼마 안 되는 약을 중환자에게 우선하여 분배한다고 하는 이야기가 한창 오가던 중이었던 것이다.

왕가의 방식에 치료사들과 환자들이 분노했다.

"다들, 미안하다……. 딸이 납치당한 탓에……."

"그런! 영주님, 고개를 들어주세요!"

영주도 부모다. 아이를 생각하는 마음은 모두와 같다. 라필리아를 돌려달라며 귀신같은 흉흉한 모습으로 숙소에서 노성을 지르던 것을 보였었다.

영주는 아이를 유괴한 목적이 약이라고 판단하고, 범인들 쪽에서 요구를 해 오기 전에 해결하려고 바쁘게 움직였다.

사우벨은 도중에 잠복한 왕가의 사람이 딸을 불러냈다는 사실을 알아냈다. 그래서 왕가에 대한 불경이라는 것도 전혀 개의치 않고 그곳으로 들이닥쳤다.

그 후 왕가의 사람이 사건의 해결을 도운 것까지는 좋았다. 유괴 의혹을 받았으니 진위를 분명히 하기 위한 행동이었으리라. 하지만 사건이 해결된 후 그 대가로 약을 요구했다는 것은 모두의 귀를 의심하게 했다.

반크라이프트령에서는 3년 전의 아기엘 일도 있어, 원래부터 왕가에 불신을 안고 있었다. 이번에는 그것이 폭발해 소문은 왕가에 대한 불신감을 동반하며 급속하게 퍼져갔다.

*

왕의 판단은 빨랐다. 왕도 입국 제한을 빠르게 시작했기 때문에 병을 가진 자들의 입국은 그 수가 많지 않았다. 하지만 약을 원하는 자들이 왕도 주변을 둘러싸고 말았다.

왕도에 사는 이들은 영문을 몰라 깜짝 놀랐다. 그리고 그 소문을 들었다.

지금까지도 왕가의 사람들이 반크라이프트가에 해온 처사는 사람들의 고개를 갸웃거리게 했었다. 그러한 약이 정말 있다고 한다면 누구나가 원하는 것은 당연했다.

반크라이프트의 영주는 그 약을 더욱 두루 쓸 수 있게 하려했다. 그래서 중환자와 여성과 아이를 우선하여 배포하고, 차별 없이 자비를 베풀었다고 들었다.

왕도 사람들은 얼마 남지 않은 약을 두고서 소동이 벌어진 와중에, 영주의 딸이 유괴되는 사건이 일어났다는 이야기에 하얗게 질렸다.

소문이 소문을 낳고, 약을 손에 넣기 위해 왕가의 사람이 꾸민 유괴 사건이었던 것은 아닌가 하는 목소리도 나왔다.

그에 대해 왕은 정면에서 부정하고 관계가 없다는 증거를 준비했다. 엘렌은 그것을 수경으로 보고 있다가 역시 라고 생각했다.

하지만 나날이 왕도 주변은 병에 걸린 사람들로 넘쳐났다. 병은 사람에게서 사람에게로 퍼졌고, 수문장에게로 옮아가고, 그리고 왕도 안으로 조용히 침입해갔다.

문을 닫아걸고 있는 탓에 물류도 정체되었다. 그리고 왕도 내부에서도 점점 불만이 쌓이기 시작했다.

왕과 제1 왕자는 신용 회복을 위해 분주히 움직였지만, 쌓이기 시작한 불만은 점점 기세를 더해갔다.

이 사태를 해결할 수 있는 것은 엘렌과 로벨뿐이었다. 왕가의 사람도 매달리는 심정으로 약 교섭을 위해 반크라이프트가에 계속해서 사자를 보냈다. 엘렌과 로벨이 떨어진 약의 재료 조달을 위해 나간 채 돌아오지 않는다는 말을 듣고는 입을 다물 수밖에 없었다.

엘렌은 감정을 드러내지 않고 가만히 수경을 바라보고 있었다. 주변에서는 그런 엘렌을 걱정스레 바라보고 있었다.

*

웃지 않게 되어버린 엘렌을 정령들은 걱정했다. 모두 용건도 없이 찾아와서 옆에 붙어 있어 주었다.

"······."

작은 동물들이 부비적부비적 하고 곁에 무리 짓고, 뒤에서는 호랑이 상태인 반이 엘렌의 등에 머리를 딱 가져다 댔다.

모두에게 걱정을 끼치고 있다는 것은 알았다. 엘렌이 인간을 떨쳐버리지 못한 탓에 일부 정령은 불안을 느꼈다. 게다가 인간이 엘렌을 이런 상태로 만들었다며 인간에 대한 분노를 품게 된 자도 있었다.

엘렌도 이런 상태는 안 된다고 생각하고 있었다. 하지만 울적해진 마음은 좀처럼 나아지지가 않았다.

토끼와 다람쥐 모습을 한 정령들이 무릎 위로 올라와서 쓰다듬어달라는 듯이 손에 몸을 비볐다.

무릎 위에 앉은 아이를 아무 생각 없이 쓰다듬고 있는데, 갑자기 오른쪽 어깨 위가 묵직했다.

옆을 보자 어깨에 턱을 얹은 반이 부러운 듯 엘렌의 손을 바라보고 있었다.

엘렌이 그 모습에 쓴웃음을 지으면서 그 자세 그대로 반이 머리를 살짝살짝 쓰다듬었다. 그러자 반이 그릉그릉 하고 목을 울리면서 풀썩 드러누워 배를 보였다.

반 군은 멍멍이 같은데 가끔씩은 또 고양이 같아. 엘렌은 그런 생각을 하면서 키득키득 웃었다. 반이 그 웃는 모습에 움찔하고 움직였다.

엘렌은 곁에 있어주는 정령들의 마음 씀씀이가 기뻐서 웃으면서도 눈에서는 눈물이 뚝뚝 떨어졌다.

반이 눈물을 혀로 핥짝 핥아주었다.

반은 혀가 커서 얼굴 절반 가까이를 순식간에 핥아버렸다.

"우으~읏."

엘렌은 동물이 얼굴을 핥아주는 것을 꺼려했지만, 이번에는 갑작스러워서 제대로 당하고 말았다.

"정말이지~."

엘렌이 문질문질 손수건으로 뺨을 닦았다. 반은 혼날 거라고 생각했는지 안절부절못하고 있었다. 엘렌은 그런 반에게 크앙! 하고 몸을 날렸다.

반의 목을 온 힘을 다해 간질이고, 둘이서 뒹굴뒹굴 구르며 장난을 쳤다.

키득키득 웃으며 반과 장난을 치다가, 어느새 부모님이 그림자에 숨어 그들을 살피고 있다는 것을 깨달았다.

"아버지, 어머니."

깜짝 놀라 두 사람을 올려다보았다. 그들은 안심한 얼굴을 하고 있었다.

아아, 걱정을 끼쳤구나. 새삼스레 느꼈다.

"겨우 웃었네, 우리 공주님."

"역시 엘렌은 웃는 얼굴이 제일이야."

엘렌은 부모님 사이에서 양쪽 뺨에 뽀뽀를 받았다. 머리를 쓰다듬어주고 어리광을 받아주는 존재가 있다는 것에 눈물이 날 것만 같았지만, 두 사람을 향해 활짝 웃어 보였다.

"죄송해요…… 아버지, 어머니."

로벨의 품으로 뛰어들자 단단하게 받아 안아주었다. 꼭 끌어안아주자 너무나도 안심이 되었다.

"……이제 있지, 그만 괜찮지 않을까 하는 이야기를 했어."

로벨의 말에 엘렌이 고개를 갸웃거렸다. 로벨은 쓴웃음을 지으며 엘렌의 머리를 쓰다듬었다.

"엘렌이 한 방법은 폐하에게 큰 타격을 주었지. 하지만, 엘렌은 그걸 후회하고 있지? 아무 잘못 없는 사람들이 병으로 쓰러져 버리니까."

"……네."

폐하를 몰아붙이려면 이렇게 할 수밖에 없었다. 하지만 소문에 휘둘린 사람들은 그저 피해를 입을 뿐이었다.

약을 받을 수 없고, 그로 인해 다시 제삼자에게 병이 퍼져가리라.

상태가 안 좋은 자들이 모이면 그 사이에서 2차 감염이 퍼지는 것도 시간문제였다. 감기에서 세균에 의한 폐렴을 일어나는 중태가 될 가능성도 있었다.

죽지 않아도 될 사람이 죽을 것이다. 엘렌은 그것을 생각하면 의기소침해졌다.

"이걸 말하면 엘렌이 움직일 테니까 말하고 싶지 않았지만, 수경으로 보면 바로 알게 될 테니까 말할게."

엘렌은 다음에 이어진 말을 듣고 머리가 새하얘졌다.

*

지금 텐바르 왕성 내부는 찌릿찌릿한 긴장감에 휩싸여 있었다.

커져가는 주민의 목소리를 억지로 억누르고 있는 것이나 다름없는 상태였다.

왕가가 반크라이프트가에 한 소행의 소문이 있을 리가 없는 일이 더해져서 퍼지고 있었다.

그 소문은 왕가의 신뢰를 뒤흔들기에 충분했다. 일부 귀족은 소문의 약의 은혜를 입기 위해 노골적으로 왕에게 접근했다.

폐하는 약을 넘겨받은 것은 약의 생산을 늘리기 위해서라고 설명했다. 하지만 궁정에서 일하는 치료사들은 그 약이 무엇으로 되어 있는지 알아내는 데 다다르지 못한 모양이었다.

약의 자세한 성분을 알고 싶어도, 왕가가 반크라이프트가에 묻기 어렵다는 것은 모두가 알고 있었다.

다른 사람이 이야기를 물어도, 약의 조제법을 아는 자는 왕가가 약을 가져가 버린 탓에 부족해진 재료를 구하러 가버렸다는 말을 들으면 어찌할 도리가 없었다.

왕과 제1 왕자는 사면초가인 상황 속에서 분주히 움직이다가 결국 쓰러져 나라가 큰 충격을 받았다.

*

왕의 침실에는 여러 명의 치료사가 모여 있었다.

고열로 의식이 없는 왕의 모습에 모두가 어두운 표정을 지었다.

"그 약은 남아 있지 않은 건가?"

"다른 치료사들이 조사를 위한 거라고 말하면서…… 이제 보니 거의 남아 있지 않았다고 합니다……."

"이 무슨 일인가. 폐하께 받은 중요한 약이었건만……!!"

약은 하나하나가 작은 알갱이였다. 다른 치료사들은 조사하기 위해 대량으로 부수었다는 사실을 알지 못했다.

성분을 조사하기 위한 정밀 기계가 없으니 어쩔 수가 없었다. 궁정의 정령 전부에게 물어도 모두가 고개를 가로젓는 수수께끼의 약이었다. 게다가 정령들은 하나같이 같은 말을 했다.

『이것은 인간계의 것이 아니다.』

그렇다면 정령계의 것인지 물으면 아니라는 답이 돌아왔다.

이 약은 대체 무엇이란 말인가. 모두가 생각했다. 그러나 반크라이프트령의 치료원에서는 이것을 처방하고, 죽을병조차 치료해냈다고 한다.

신의 약이라는 소문도 퍼져서 몰래 훔쳐 가는 자들도 나타났다.

그 관리 체제에 궁정 치료사장이 골머리를 썩였다. 넘겨받은 약이 나날이 줄어갔다.

조사하기 위해 한 병을 통째로 다 써버린 뒤, 남은 병이 아직 더 있다고 착각하고서 마지막 한 병까지 전부 열었다고 한다. 그 사실에 머리가 아파 왔다.

"어쩌다 이 지경이 된 거지?!"

치료사장은 바보 같은 이야기라며 머리를 감싸 쥐었다.

약은 최소 하루 두 번, 그것을 사흘 동안 복용해야 한다고 설명을 들었다. 왕과 왕자에게 열여섯 알. ……병 안에는 그 정도의 양은 남아 있지 않았다.

"아아……. 어찌하면 좋을지……."

그런 치료사장의 뒤에서 갑자기 두 개의 그림자가 나타났다.

왕의 침실에는 잠든 라비스엘과 치료사장, 그리고 조수인 몇 명이 치료사밖에 없었다. 감염을 막기 위해 다른 사람들은 이 방에 들어오지 못하도록 명령을 내렸다.

"그 약, 결국 헛되게 쓰고 만 건가요?"

"그런 것 같구나."

"역시 처방에 익숙한 우리 쪽 사람을 파견했어야 했나 봐요."

"믿지 못하고 장난감처럼 다룬 거겠지? 정말이지, 이곳에 있는 사람들이 정예 치료사는 맞는지 의심이 들 정도야."

치료사장은 느긋하게 들려온 두 개의 목소리에 깜짝 놀라 굳어졌다.

옆에 있던 조수들도 눈을 동그랗게 뜨고 말문이 막힌 상태였다.

"……로벨 님?"

"오호, 이렇게 잠든 폐하의 모습이라니 귀중한 장면이로군."

로벨의 품 안에는 작은 여자아이가 있었다. 치료사장은 여덟 살 정도로 보이는 그 아이가 혹시 반크라이프트가의 정령 공주가 아닐까 생각했다.

"당신이 치료사님인가요?"

작은 여자아이가 말하자 치료사장은 무심코 고개를 끄덕였다. 치료사장은 약에 관해 물을 기회라고 생각해 떨리는 목소리로 물었다.

"저, 그 약을 가지고 계십니까?!"

"……입을 열자마자 그건가. 뭐, 폐하가 이런 상태이니 어쩔 수 없겠지만. 근데 우리 불법 침입했는데?"

로벨은 어이없어하며 말했다. 하지만 치료사장은 여기서 그들을 쫓아내 약을 구하지 못하게 된다면 그것이야말로 처벌받지 않을까 해서 안색이 새파래졌다.

"아……. 그건……."

"쫓아내면 약에 관해 물을 수 없을 거라고 생각하는 건가본데……. 뭐 좋아. 그래서 언제부터 몸져누웠지?"

치료사장은 라비스엘의 용태를 묻는 로벨의 태도에 안절부절못하면서도 대답했다.

그 말을 들은 엘렌은 두 개의 약을 꺼내 건넸다.

"두 개는 서로 다른 약입니다. 하루에 세 번, 한 알씩. 함께 복용하게 하세요."

자그마한 병에는 각각 50알씩 약이 들어 있었다. 헷갈리지 않도록 병 끝부분에는 빨강과 파랑 리본이 각각 깜찍하게 묶여 있었다.

그것을 본 치료사장은 감격한 나머지 눈물을 글썽였다.

"로, 로벨 님……!!"

"정말이지…. 전하에게도 같은 수를 처방하도록. 이번에는 장난감으로 삼지 말라고."

로벨과 엘렌은 다음엔 대가를 요구할 거라는 말만을 남기고 모습을 감추었다.

그리고 이번에는 사우벨에게 향했다.

평소보다 많은 약을 건네고, 조금씩 환자를 받아들일 수 있도록 조언했다.

엘렌은 정령계로 돌아와서 부모님과 이야기했다.

"이걸로 된 거겠죠?"

"뭐, 그 녀석도 따끔한 맛을 봤겠지."

로벨은 키득키득 웃었다. 하지만 그 웃음은 어딘가 서글퍼 보였다.

그리고 폐하의 건강이 돌아오면 약의 대가 이야기를 하자고 말했다.

*

엘렌은 몰래 어떤 곳으로 전이했다.

수경으로 그가 이미 일어나 있다는 것은 알고 있었다.

그는 갑자기 눈앞에 나타난 엘렌의 모습에 눈을 동그랗게 뜨고 놀랐다.

"에, 엘렌……? 지금 꿈을 꾸고 있는 건가……?"

"꿈이라고 생각해도 상관없지만요."

엘렌이 고개를 갸우뚱하자, 가디엘은 자신의 뺨을 꼬집었다. 아파……라는 중얼거림이 들렸다.

"……이 상황, 그때와 비슷하다고 생각하지 않으세요?"

엘렌의 중얼거림에 가디엘은 숨을 삼켰다. 무슨 말인지 바로 이해했다. 정령의 저주. 검은 안개가 보여주었던 과거의 사건.

"그때도 이런 식으로 먼저 이야기를 할 수 있었다면, 뭔가 달라졌을까요……?"

"……적어도, 왕가의 사람이 그런 수단을 쓰는 일은 없지 않았을까?"

몬스터 템페스트와 보이지 않는 병의 공포. 그것은 백성의 마음을 좀먹고 계속해서 침식해간다.

"전하, 무리해서 저희와 얽히려고 하는 건 그만두세요. ……그러면 이야기를 듣도록 하죠."

엘렌의 교섭에 가디엘은 눈을 크게 떴다.

"저희와 얽히려고 노력하는 이유는 알고 있어요. 서로 손을 잡는 수단이 없기 때문이죠. 하지만 우리 정령은 당신들에게 절망했고, 포기했습니다."

"……하지만 우리는 너희를 너무나도 원했지. 그 정령의 힘을, 그 이름이 가져다주는 힘을. 억지로 손에 넣으려고 할 때마다 너희를 상처 입히고 있었어……."

가디엘은 열이 아직 내려가지 않은 듯 얼굴이 붉었다.

엘렌은 무심코 열을 재려고 다가갈 뻔했다. 하지만 저주의 존재를 떠올리고 멈추었다.

"……이제 이 이상 병이 퍼지지 않도록 배려는 했습니다. 전하와 폐하가 나으면 약에 관한 이야기를 하죠."

"조제법을 가르쳐주는 건가?!"

"아닙니다. 약은 대가와 교환한다는 이야기에요."

엘렌의 말에 가디엘은 어깨를 축 늘어뜨렸다.

"그렇게 쉽게 가르쳐줄 리가 없죠."

엘렌이 흥 하고 콧김을 거칠게 내쉬며 화내고 있다고 주장하자, 가디엘은 그 모습이 웃겼는지 눈가를 부드럽게 늘어뜨리며 웃었다.

"그러네. 우리는 신용이 없으니까……."

가디엘은 조금 슬픈 듯이 거기까지 말하고 갑자기 무엇인가가 떠올랐다.

"엘렌."

"……네?"

"만약, 만약에 내가 네 신뢰를 조금씩이라도 얻을 수 있게 된다면…… 우리가 다시 이렇게 이야기를 할 수 있을까?”

엘렌은 가디엘의 말에 눈을 동그랗게 떴다.

“……이렇게 떨어져서 해야만 하는데요?”

“상관없어!!”

가디엘은 당장에라도 침대에서 뛰쳐나올 듯 기세 좋게 몸을 일으켰다. 하지만 기도로 침이 들어갔는지 쿨럭쿨럭하고 기침을 했다.

엘렌은 돌봐줄 수 없는 것이 조금 미안하다는 생각을 해 버렸다. 가디엘의 기침이 진정되기를 기다렸다가 괜찮으신가요? 라고 물었다. 그러자 그는 기뻐하면서 괜찮다고 대답했다.

아버지와 다시 오겠습니다. 엘렌이 그만 돌아가겠다고 전하자 가디엘은 알았다고 웃는 얼굴로 답했다.

엘렌은 어쩐지 더는 머물러 있을 수 없어서 몸조리 잘하라는 말만을 남기고 도망치듯이 돌아가 버렸다.

가디엘은 엘렌이 사라진 곳을 줄곧 바라보고 있었다.

약속해준 것이 기뻐서 참을 수 없었다.

열이 올라서 물병을 들어 잔에 물을 따르고 한 모금 마셨다.

시원하고 차가운 것이 목을 넘어갔다. 그 차가움이 꿈이 아니라 현실이라는 것을 가르쳐주었다.

“후우…….”

몸에 고인 열을 내보내기 위해 깊게 숨을 내쉬었다.

몸은 괴롭지만, 가디엘의 얼굴은 기쁨으로 밝게 물들어 있었다.

　　　　　　　　　　　　＊

　엘렌은 성의 복도를 총총총 걸어서 자신의 방으로 향했다. 복도
저편에서 사람의 모습을 한 반이 엘렌을 찾다가 나타났다.

　"공주님……? 무슨 일이십니까?"

　"응? 뭐가?"

　엘렌이 어리둥절해하며 고개를 갸우뚱했다. 그러자 반이 몸을
낮추고 엘렌의 뺨을 양손으로 감쌌다.

　"얼굴이 붉어졌습니다."

　"……응?"

　엘렌은 눈을 깜빡거리다 혹시 하고 미간에 주름을 잡았다.

　'전하의 감기라도 옮아버린 걸까……?'

　가디엘도 열이 있어 얼굴이 붉었었다.

　엘렌도 인간인 부분이 있으니 병이 전혀 옮지 않는 것은 아니었다.

　"……졸려서 그래."

　"이런, 그러셨던 거군요."

　엘렌이 적당히 변명하고, 방으로 가던 도중이었다고 말했다. 반
이 걱정하며 함께 따라와 주었다.

　'나도 약을 먹고 자야지…….'

　가디엘에게 감기가 옮았을지는 모른다. 하지만 엘렌은 만나길 잘
했다고 생각했다.

*

　지난 며칠 동안 엘렌의 마음속을 채우고 있던 답답함은 완전히 맑게 개였다.

　왕과 왕자의 병이 나을 동안, 반크라이프트령에서 치료를 재개한다고 하는 소문을 흘리도록 했다.

　왕도에 집중되었던 환자들은 단숨에 이쪽으로 빠졌다.

　왕도와 같은 상황에 빠질 수도 있기에 치료 마법을 쓸 수 있는 대정령 클리렌과 레벤에게 협력을 부탁했다.

　병을 앓던 사람이 반크라이프트령에 들어설 무렵에 체력이 다해 사망할 수도 있었다.

　생명을 관장하는 레벤에게 부탁하여 환자의 체력을 회복시키고, 자연 치유력을 높이게 했다.

　아무리 약을 투여해도 몸에 체력이 없으면 병에 지고 말기 때문이다. 그리고 중환자만은 클리렌에게 따로 치료를 부탁했다.

　고작 이 약만으로도 큰 소동이 벌어졌었다. 그러니 치료 마법으로 단숨에 몸 상태가 회복되면 이 영지에는 무엇인가 있다며 또다시 소동이 일어날 것이다.

　그렇기 때문에 클리렌에게 전부 고치지는 말라고 부탁했다. 자연 치유력과 약으로 나을 범위까지만 증세를 완화해달라고 했다.

　왕도에서 반크라이프트령으로 들어오면 조금씩 체력을 회복시키는 마법이 발동되도록 결계를 펼쳤다.

중환자를 우선한다는 공고를 냈다. 그리고 사람들의 이해를 바라며 모두 열심히 움직였다.

하지만 이 외에도 문제는 많았다. 많은 사람이 모였고, 그만큼 식량이 필요해졌다.

비를 관장하는 니젤과 레겐.

흙을 관장하는 보덴.

식물을 관장하는 프랑과 오푸스트.

빛을 관장하는 리히트.

대정령인 이들에게 부탁했다. 그리고 엘렌이 비료로서 질소, 인산, 칼륨을 마법으로 만들어냈다.

이 셋은 비료의 3요소라고 불릴 만큼 중요한 것이다. 다만, 이세 가지만으로는 마그네슘과 칼슘 부족에 빠지기 쉬워지고 병이되는 일도 있다. 그래서 마그네슘과 칼슘도 조금 더했다. 이것으로 5대 요소라고 불리는 비료가 된다.

흙의 보덴에게 말해 만들어낸 5대 요소를 빈틈없이 밭에 뿌린다.

눈에 띄지 않도록 비는 부슬부슬 내리는 정도. 그리고 가능한 한 비를 내리는 시간은 밤으로 했다. 낮에 물을 주어도 햇볕에 증발해 버려 수분이 식물에 충분히 전달되지 않기 때문이다.

낮에는 빛의 리히트에게 부탁해 맑은 날씨가 계속되도록 했다. 그리고 식물의 프랑과 오푸스트에게 부탁해 농작물이 튼튼해지도록 가호를 내렸다.

눈이 휘둥그레질 법한 풍작이 계속되면 사람들은 마음에 여유가 생긴다.

그리고 사우벨은 작물을 판 돈이 아니라 작물 자체를 세금으로 내도록 명을 내렸다. 이에 영지의 백성은 대단히 기뻐했다.

사우벨은 거둬들인 작물을 병으로 괴로워하는 자들에게 베풀도록 했다.

그 모습을 본 영민은 잇따라 감동했고, 자신도 돕겠다며 나서는 사람들로 넘쳐났다.

돈은 약을 왕가에 팔아 마련했다. 이 흐름을 몇 번이고 반복했다. 병으로 괴로워하던 사람들은 점점 건강해져서 영지를 떠났다.

하지만 그런 중에 이토록 살기 좋은 땅은 없다며 그대로 살고 싶어 하는 자가 늘어났다.

병에 걸리면 영주가 약을 나눠준다. 풍작이 계속되는 밭은 언제나 일손이 부족했다. 일이 많아 사람이 모이면 상인도 그들을 노리고 찾아오게 된다.

눈에 띄게 영지 사람들이 늘어났고, 사우벨은 매우 바쁜 사람이 되었다.

*

협력해준 대정령들에게 감사 인사를 했다.

모두들 고생해준 덕분에 이제 반크라이프트령은 사람들이 부러워하는 토지로 변화했다.

"정말로 고마워요!"

엘렌이 웃으면서 인사를 했다. 그러자 도와준 정령들은 온화한 표정을 하고서 엘렌의 머리를 차례차례 쓰다듬어주었다.

인간으로 치면 쉰을 넘은 정도로 보이는, 매서운 생김새에 수염도 무성한 흙을 관장하는 보덴이 즐거웠다며 크하하 하고 웃었다.

"공주님의 발상은 재미있어! 우리가 협력해준 것만으로 프랑과 오푸스트가 깜짝 놀라더라고."

정령들은 개별적인 존재다. 그런 그들은 서로 협력하여 상승효과가 생겨나고, 다른 정령이 힘을 얻은 것에 놀랐던 것이다.

"이러한 효과가 있을 거라고는 생각도 못 했습니다. 이것은 여러 가지로 시험해보면 재미있을 것 같습니다."

빛의 리히트가 쾌활하게 웃었다. 리히트는 10대 후반의 외모를 한 아름다운 청년이다. 플래티넘 머리카락에 은색 눈동자는 어머니와 조금 닮았다. 모르는 사람이 보면 리히트와 엘렌은 나이 차가 나는 남매로 보이리라.

엘렌은 리히트를 때때로 「오빠」라고 부르며 어리광을 부렸다.

비를 관장하는 니젤과 레겐은 쌍둥이 남매였다. 이 둘은 푸른 머리카락과 푸른 눈을 한 똑 닮은 얼굴을 한 쌍둥이로, 극단적 성격으로 자주 장난을 치곤 했다. 겉모습은 엘렌보다 나이가 살짝 많아 보였다. 놀이처럼 가볍게 권했더니 재미있을 것 같다며 선뜻 도와주었다.

둘은 언제나 극단적으로 비를 쏟는 정령이었다. 인간들이 쏟아지는 비에 곤란해하는 것을 보고 있다가, 다음에는 비를 내려주지 않는 것이다.

그러면 인간은 비를 바라며 기우제를 올린다. 그것을 보고 웃으면서 다시 비를 내리게 한다. 그러면 또다시 집중 호우를 내려서 인간이 당황하는 모습을 보고 즐기는 악동이었다.

그래서 밤에 부슬부슬 촉촉하게 비를 내리게 하는 것만으로 인간들이 그렇게나 기뻐하며 감사할 줄은 몰랐던 모양이었다.

둘은 인간의 허둥대는 모습을 재미있다고 생각하던 것을 반성했다. 두 사람은 은혜로운 비라며 인간들에게 감사를 받게 되었다.

게다가 사이가 좋다고는 말할 수 없었던 식물을 관장하는 프랑과 오푸스트가 「평소에도 이렇게 해달란 말이야!」 하고 외친 것이 오히려 재미있었는지 남매는 웃고 있었다.

식물을 관장하는 프랑과 오푸스트는 자신들이 있기 위해서는 다른 이들의 협력이 필요하다는 말을 평소에도 침이 마르도록 했다고 한다. 하지만 다른 정령들은 이 생각을 잘 이해하지 못했다. 모든 것의 어머니인 오리진만 있으면 존재할 수 있다는 본능을 갖고 있었기 때문이다.

다른 정령들에게 줄곧 여왕에게 말해보지? 하는 대답만 들었던 두 정령은 울고 있었다.

두 정령은 자신들의 말을 뒷받침하는 결과가 나온 것을 두고 엄청나게 감사 인사를 했다.

둘은 풍요를 관장했다. 그런 만큼 풍만하고 요염한 미인 언니들이었다.

정령은 그 두 정령 사이에 끼여 풍만한 네 개의 산에 압박되며 귀여움과 감사를 받았다. 콤플렉스가 자극을 받으니 이런 감사 방식은 기쁘지 않았다.

이번 건으로 함께 협력한 정령들은 사이가 좋아졌다. 엘렌은 그런 분위기에 기뻐져서 다시 활짝 미소 지었다.

영원한 시간을 사는 정령은 시간과 사고가 정체되어 있다. 스스로 나서서 무언가를 하려고 하는 일은 적다.

다만 감정은 자연과 마찬가지로 극단적일 때도 있고 평온할 때도 있다.

화나면 지진이나 분화, 태풍 같은 재해를 불러일으킬 때도 있다.

그들을 가까이에서 보면서 정령의 본질이 무엇인지를 알았다.

그것은 이 세계를 관장한다는 의미, 그 자체였다.

*

로벨과 오리진은 정령들과 놀고 있는 엘렌을 멀리서 지켜보며 대화를 나누었다.

"엘렌은 정말로 다정하네……."

"후후후, 나와 당신의 아이인걸? 당연하지."

"하지만 나는 걱정이야. 인간 때문에 그렇게나 걱정을 하다니……."

"어머, 당신도 인간이잖아?"

"당신의 힘을 받아들인 후로 이 세계의 일을 생각하곤 해. 인간은 너무나도 작은 존재라고……."

로벨은 세계의 이상적인 모습을 생각하며 이야기했다.

"어머니와 동생도 분명 소중하지만, 나한테는 오리진과 엘렌의 존재가 매우 소중해. ……예전에는 그렇게나 인간들을 구하고 싶다고 생각했었는데……."

로벨은 몬스터 템페스트에서 왕도를 지키기 위해 목숨을 걸고 싸웠다.

하지만 지금은 정령의 본연의 모습을 알았다. 그리고 인간이 저지른 일을 알아버려 절망했었다.

"나는 어느 틈에 저울질을 시작하게 된 걸까……."

로벨은 엘렌을 보며 예전 자신의 마음을 떠올렸다. 오리진은 그런 로벨을 보며 방긋 웃었다.

"당신의 그런 감정은 나와 엘렌을 소중히 여기는 마음이 표현된 거라고 생각해."

"……그런 걸까."

아기엘이 싫다는 이유로 본가를 소홀히 하고 동생에게 모든 것을 떠넘겼다.

생각해보면 그 무렵에 모든 것을 단념했던 것인지도 모른다.

"……엘렌 덕분이네."

엘렌이 할머님 하고 따를 때 미소 짓는 어머니의 표정이 뇌리에 새겨져 있었다.

로벨은 이자벨라가 엘렌을 귀여워하는 모습에 잊고 있었던 무엇인가를 떠올렸던 것이다.

"내 딸은 대단하구나……."

엘렌은 모든 것을 사랑하고 있다. 정령도, 인간도, 그 본연의 모습도. 서로 협력하는 존재라고, 온몸으로 증명하고 있는 것이다.

그 모습은 아내인 오리진의, 모든 것의 어머니의 모습과 겹쳐졌다.

"엘렌은 내 딸인걸. 그리고 당신 딸이기도 해. 서로의 종족을 소중히 여기는 것은 당연한 거야."

"아아, 그러네……."

로벨은 딸의 뒷모습을 바라보며 반성했다.

정령을 업신여긴 왕가에 대해 알고, 단념하고 있었다고 분명하게 깨달았다.

그것을 바로잡아준 것이 엘렌이라는 존재였다.

정령과 놀고 있던 엘렌이 이쪽을 돌아보며 웃는 얼굴로 「아버지! 어머니!」 하고 불렀다.

엘렌이 얼굴 가득히 미소를 지으며 달려왔고, 로벨은 두 팔 벌려 엘렌을 안아주었다.

■작가 후기

지난번 후기를 쓴 후로 시간이 얼마 지나지 않았습니다. 현시점에서 약 두 달 전 정도일까요?

다만 이번에는 페이지 문제로 세 번이나 삭제를 해야 했던 지난번 후기보다도(웃음) 많은 페이지를 받았습니다. 하지만 대체 무엇을 쓰면 좋을지 전혀 생각이 떠오르지 않았고, 「소소한 이야기라도 괜찮을까요……?」 하고 조심스럽게 담당인 K님께 확인했습니다.

웃으며 허락해주신 담당 K님, 언제나 고맙습니다!

하지만 현실은 소소한 이야기는 시간을 맞추지 못해 본문 채용이 되었습니다……. 우으으으!

하지만 후기 페이지가 줄어들었기 결과적으로는 오케이입니다. (웃는 얼굴)

또 기회가 생긴다면 포기하지 않고 도전해보려고 합니다.

그리고 이 책의 발매와 동시에 수술과 출산을 동시에 앞둔 친구가 있습니다.

이 책의 발매일과 친구의 출산이 겹치는 상황이 운명처럼 느껴집니다.

부디 제발 산모와 아이가 모두 건강하기를. 병을 이겨내기를.

친구의 아이가 무사하기를 멀리서 기도합니다.

지난번에 이어 책을 손에 들어주신 여러분. 인터넷상에서 응원해주신 여러분, 담당인 K님, M님, T님, 교정자님.

바쁘신 중에 멋진 일러스트를 그려주신 keepout님. 여러분 정말로 감사드립니다!!

깨닫고 보면 엘렌이 여러분의 손을 빌려서 매우 커졌습니다. (겉모습을 제외하고 말이죠…….)

어디까지 성장할지 살짝 두근두근합니다.

다음 작품에서는 더 커진 엘렌을 보여드릴 수 있기를 기도하겠습니다. 고맙습니다!

아빠는 영웅, 엄마는 정령, 딸인 나는 전생자. 2

1판 1쇄 발행 2020년 3월 10일
1판 2쇄 발행 2021년 4월 1일

지은이_ Matsuura
일러스트_ keepout
옮긴이_ 이신

발행인_ 신현호
편집부장_ 윤영천
편집진행_ 김기준 · 김승신 · 원현선 · 권세라 · 유재슬
편집디자인_ 양우연
관리 · 영업_ 김민원 · 조인희

펴낸곳_ (주)디앤씨미디어
등록_ 2002년 4월 25일 제20-260호
주소_ 서울시 구로구 디지털로 26길 111 JnK디지털타워 503호
전화_ 02-333-2513(대표)
팩시밀리_ 02-333-2514
이메일_ lnovelpiya@naver.com
ㄴ노벨 공식 카페_ http://cafe.naver.com/lnovel11

CHICHI WA EIYU, HAHA WA SEIREI, MUSUME NO WATASHI WA TENSEISHA. Vol.2
©Matsuura, keepout 2018
First published in Japan in 2018 by KADOKAWA CORPORATION, Tokyo.
Korean translation rights arranged with KADOKAWA CORPORATION, Tokyo.

ISBN 979-11-278-5462-1 04830
ISBN 979-11-278-5213-9 (세트)

값 9,000원